시리가 과연 진정으로 사랑하든사람은 누구이였든가?

죄의거리 (一)

말월중순이라고하지만 삼방
(三防)골싸구니의저녁은 무
명옷이그리울만치 산산햇다
숙회(淑姬)는 엇전지 또저
녁을먹은것이 편치안혼것갓해
서 상을물닌채로 혼자누어잇
스려니싸 방문이 바시시열리
면서 유난히도화장을한듯한
애라(愛羅)의 해쓰무러한
얼골이 나타낫다
『숙회야 약물터에 안가련
?』
『약물터? 아이 난 또
속이압허서——』
하며 숙회는 내키지안는듯
이 푸스스한 머리를들엇다
『아모리 속이압흐기로 엇
저면밥먹은 그자리에누어잇니
? 죽어서 소가되라고——하
아하하』
애라는 혼들갑스럽게우스면
서 방안에드러섯다 화려한
『오버세터』아래로 발등에차
넝히 채일만한 긴치마가 바
람결에『코디—』의 향수냄새

를방안에풍기여 노핫다 한손
에는『알미니움』으로맨든
표주박을들고 또한손에는커다
란『타올』을들고잇는것이 아
닌게아니라 누가보든지 단번
에 서울사는부자ㅅ집 싸님이
피서와잇는것으로 보혓다
『그런데 얼골이 왜저모양
이냐?』
『나?』
하며 숙회는 서잇는 애라
의 얼골을 백엽시 처다보드
니 자긔도 몰랏든것가티 야
윈손으로 뺨을 쓰다듬어 보
혓다

『암만해도 또 저녁을 조
금 먹은것이 언친것갓해 가
삼이 압흐고 속이 거북한것
이——』
『거 참 큰일낫구나 밤낫
그러케 병이 자저서——』
애라는 진심으로 썩하다는
듯이 숙회를 나려다보며 가
늘다란 두 눈섭을 쨍그렷다
사실 그도 이 섬약한 째ㅅ
병환자의 동무를 대할적에는
가엽슨 생각을 금할수 업섯
다
애라는 잠간동안 묵々히
서잇드니
『그래 안가련?』
『글세 난——』
『이애 고만둬라 병도 병
이지만 네가 앗싸——』
하며 애라는 무슨 생각을
햇는지 한눈을 지긋하고『웡
그』를 하드니 의미 잇는듯
이 우스면서
「네가 앗싸 그어헌테서
편지를 바더보드니 고만 만

사가 귀치안코 서울만 가
십흔 게로구나』
「아이고 망할애갓호니
지는무슨 편지를바다보아
고 그래』
『그래 정말 오남편지를
밧엇단말이냐?』
『편지는——밧기는밧엇지
그건 아버지한테서 온거
란다』
『아버지? 이애 나도 다
고잇단다 척하면 일백사
척이라고 그만눈치도 모
줄아니? 그래 아버지한테
온편지가『김숙회씨친전』
라고 피봉에다 쓰고 또
에다가는 러——』
하며 말씃흔 입에물은채
숙회를말그머니 나려다보드
『리——말하랴?』
『그래 어데 말해보아라
하고 숙회는 대답은햇지
어쩐지 무쌔이 쓰거워지느
갓해서 고만고개를숙엿다

『애욕지옥』 연재 1회(〈매일신보〉 1933년 11월 29일)

말엇다

애라는 일시에 천지가 캄々해지는것갓흔 절망을 늣기엿다 그는 정신업시 영호의몸을 흔드러보기도하고 주물너보기도하며 「영호씨」를 연호하얏다 그러나 임이 호흡이끈허진 그에게서 무슨 반응이 잇슬리치는 업는것이엿다 암만해도 영호는 다시 회생치 못하리라는것을 깨닷자 애라는 잠간 방심된 사람처럼 멀거니 안저잇섯다 눈싸인겨울밤 산골짝이를 스치고 지나가는매운 바람이 칼날과가치 옷속으로 숨여드러오건만 그는 치운줄도모르는 모양인지 눈우에 펄석주저안진채 움직어리랴고 하지도안엇다

이제 그의눈압헤는 죽엄의 환영(幻影)이 가득차 잇섯다 아싸싸지도 명예를위하야 행복을위하야 살냐고 애를쓰던 그모든일이 꿈결과가치 생각되엿다 자긔가 과연 진정으로 사랑하든사람은 누구이엿든가? 석진이엿든가? 영호이엿든가? 실상은 아모도 아니엿섯다 애라는 비로소 이제싸지 자긔도 모르고잇던 자긔의 참마음을 깨다른것가튼 생각이드럿다 자긔는 단지 살기위하야 조고만 자존심을 직히기위하야 이제싸지 모든죄를 감행하야왓다 그러나 이제는 오직 죽엄으로써 그죄를 갑흘때가온것을 깨다른것이엿다

그잇흔날 새로 한시쯤되여서 ××신문사 편집국에는 시메세리 시간을압두고 한참 복작어리고 잇섯다 외근나갓든 긔자들은 제각기 어더가지고 드러온

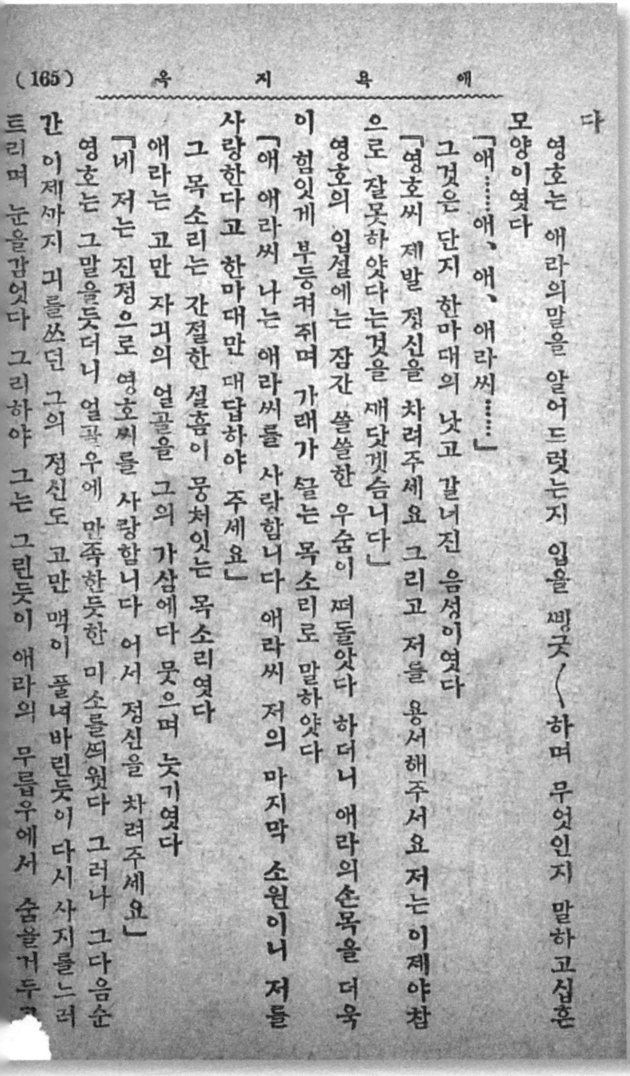

다

영호는 애라의말을 알어드럿는지 입을 쌩긋〳〵하며 무엇인지 말하고십흔 모양이엿다

「애……애、애、애라씨……」

그것은 단지 한마대의 낫고 갈녀진 음성이엿다

「영호씨 제발 정신을 차려주세요 그리고 저를 용서해주서요 저는 이제야참으로 잘못하얏다는것을 깨닷겟슴니다」

영호의 입설에는 잠간 쓸쓸한 우숨이 떠돌앗다 하더니 애라의손목을 더욱이 힘잇게 부등켜쥐며 가래가 끌는 목소리로 말하얏다

「애 애라씨 나는 애라씨를 사랑함니다 애라씨 저의 마지막 소원이니 저를 사랑한다고 한마대만 대답하야 주세요」

그 목소리는 간절한 설음이 뭉처잇는 목소리엿다

애라는 고만 자긔의 얼골을 그의 가삼에다 뭇으며 늣기엿다

「네 저는 진정으로 영호씨를 사랑함니다 어서 정신을 차려주세요」

영호는 그말을듯더니 얼골우에 만족한듯한 미소를띄웟다 그러나 그다음순간 이제싸지 긔를쓰던 그의 정신도 고만 맥이 풀녀바린듯이 다시 사지를느러트리며 눈을감엇다 그리하야 그는 그린듯이 애라의 무릅우에서 숨을거두

단행본 『애욕지옥』 본문(현담문고 제공)

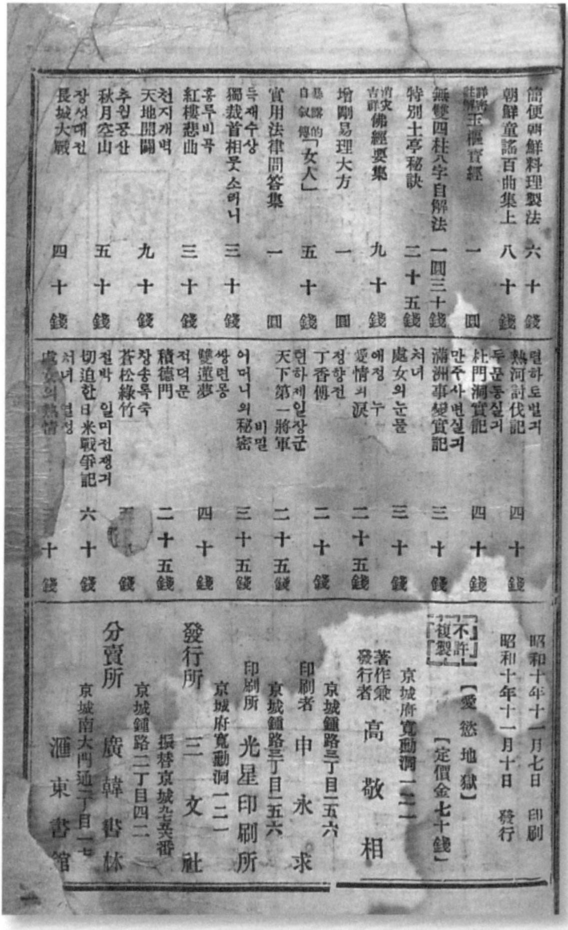

簡便朝鮮料理製法 六十錢
朝鮮童謠百曲集上 八十錢
詳密註解玉樞寶經 一圓
無雙四柱八字自解法 一圓三十錢
特別土亭秘訣 二十五錢
諺文吉辭佛經要集 九十錢
增刪易理大方 一圓
基督的自叙傳「女人」 五十錢
實用法律問答集 一圓
獨裁首相못소러니(득재수상) 三十錢
紅樓悲曲(홍루비곡) 三十錢
天地開闢(천지개벽) 九十錢
秋月空山(추월공산) 五十錢
長城大戰(장성대전) 四十錢

熱河討伐記(렬하토벌긔) 四十錢
杜門洞實記(두문동실긔) 四十錢
滿洲事變實記(만주사변실긔) 三十錢
處女의 눈물(처녀) 三十錢
愛情의 淚(애정 누) 二十五錢
丁香傳(정향전) 二十錢
天下第一將軍(텬하제일장군) 二十五錢
어머니의 秘密(비밀) 三十五錢
雙蓮夢(쌍련몽) 四十錢
積德門(적덕문) 二十五錢
蒼松綠竹(창송록죽) [illegible]十錢
切迫한 日米戰爭記(절박 일미전쟁긔) 六十錢
處女의 熱情(처녀 열정) [illegible]十錢

昭和十年十一月七日 印刷
昭和十年十一月十日 發行

「不許複製」

【愛慾地獄】
【定價金七十錢】

著作兼發行者 京城府寬勳洞一二一 高敬相
印刷者 京城鍾路三丁目一五六 申永求
印刷所 京城鍾路三丁目一五六 光星印刷所
發行所 京城府寬勳洞一二一 振替京城九七五六番 三一文社
分賣所 京城鍾路二丁目四二 廣韓書林
京城南大門通二丁目一七 滙東書館

단행본 『애욕지옥』 판권지(현담문고 제공)

中篇小說豫告

愛慾地獄

李鍾鳴作
李承萬畫

최정희(崔貞熙)씨의 중편소설 다난보(多難譜)는끗을막고 다음으로 리종명(李鍾鳴)씨의 중편소설애욕지옥(愛慾地獄)을연재하게되엿습니다 리종명씨는 사람업는 문단에홀로히빗나는중견작가(中堅作家)로서잡지『조선문단』(朝鮮文壇)시대부터 지금까지만흔단편소설을내여그견실(堅實)한 작풍으로이미 일반의정평(定評)이잇거니와 이제첫시험으로 신문연재소설에붓을드러 애욕의갈등(葛藤)을중심으로한현대조선의생활상을보여주게되엿습니다씨에게잇서서신문연재소설이첫시험인만치 반듯이씨는 심혈(心血)을 경주할것입니다명일부터연재하기로되엿스니독자여러분애독하야주십시요 (사진은리종명씨)

明日부터連載

『애욕지옥』 연재 예고(〈매일신보〉 1933년 11월 28일)

愛慾地獄 【57】

李鍾鳴作
李承萬畫

애욕지옥 (六)

그이튿날 새로한시를되여서 ××신문사 편즙국에는 시에기디시간을 압두고 · 한참 북작거리고잇섯다 외근나갓든 기자들은 제각기 어더가지고 드러온 뉴—쓰를 써내기에 정신이업섯다

「또 자살사건입니까?거헌 자살이 그러케도 류행할니까 그럼이번에도 전과가티 『고해(苦海)를등지고』라는 제목속에 오날잇는 자살사건을 휘모라너어볼까?」

신군에게서 원고를 바더서 읽어보든 사회부장은 잠간 눈살을찌푸리고 신군을 바라건너다보앗다

「글세요 하지만 지금그것만은 좀 색다른 자살사건가트니 크게 취급하야보는것이 조치안을가요 아숙경찰서에서는 두사람의 신원(身元)을 모르기때문에 자세한 내용을 발표치는안습니다만은 아모래도 우연이라고하지만 그러케도 하로밤동안에 불과십여간이내

그는 쓰고잇던 원고를 밀어제처놋코 사회부장 압헤 노히잇는 지금 그원고를 읽어보앗다

그것은 아직 죽은사람들의 신원도 알수업는 막연한 기사엿다 어제저녁 청량사 부근 눈우에서 원인모를 죽엄을한 젊은남녀의 시체가 발견되얏는데 치정관계의 자살인지 혹은 범죄의 다른 자살사건의 우연한 일치인지 알수업다는것을 가장 「센쇼날」한 투구로 적어노앗섯다 그러고 뒷흐로 녀자의 외투안에는 「장애라」라는 일홈이 적혀잇드라는것과 경찰서에서는 방금 신원을 조사중이라는말이 부기되어잇섯다

서진이는 그원고를 읽어나려가고 잇스려니까 자자기 정신이 아득해지며 눈앞이 캄캄해지는것 갓햇다 정애다라고하면 결국 자기가 약혼을해논 그 정애다가 분명한데 이제또 아지못하는 다른남자와 자살을하얏다니 이것이 원일인가? 과연 우연한시일

에서 두가지 자살사건이 생길다고 생각하기는 어려울것가태요 그러타면 그두가지 사건속에는 무슨 련락이 잇슬뜻도한데——그러키만하다면 의외에 자미잇는『다네기면』가욱이 될는지도 알수업는것이니까」

「그럼 한 삼단(三段)으로 큼직하게 해야볼가요「굴상(靈上)에정극(情劇)이라고 제목을 부치고 주로는 『과연치정관계인가 우연한일치인가』라고——하하하」

사회부장은 업살엇으로 때며며진 압이마를 글그며 고소(苦笑)햇다

「신군 무엇인가?『데로』사건인가? 녀자는 멧살이나 되는데?」

엽해안저서 원고를 쓰고잇던 윤동무 홍군이 그 쌍ㅅ한 얼굴을 돌고 참견을 하얏다 녀자시, 이야기가 나왁는데 자기가 빠진다는것은 불합리(不合理)한일노 해석하고잇는 표이엇다

「뭐 아직은 자세한것을 모르겟지만 녀자는 어실세전후의 미인인데 상당한 가정의 영양갓다고하데 외투안에는 『장애라』라는 일홈이 백히잇드라는데 자네 혹 모르겟나?」

하고 신군은 놀리듯이 홍군을 건너다보앗다

그러나 이 『장애라』라는 한마대스리에 놀낸사람은 엽헤안저잇든 티서진이엇다

파장소ㅡ의 일치인가? 그러케생각할수밧게 할수업는 일이엇다 서진이는 목소히모자를 집어쓰고 신군자바귀헤어나왓다 그발성스러운 친구들압헤서 자기의내색을보혀주기는 실혓는까닭이다

거리에는 오후의 햇양이눈우에 반사되야 눈이부시만치 화창한 겨울날이엇다

「애라는 결국 죽고말엇는가?」

하고 생각하니 가삼이쯩을해지며 견질수업는 눈물이 쏘우이도록터나왓다

「그러나 역시그녀자는 그녀자의갈길을가고야만것이다 자기는 어제부터 속히가족엇슬세와가세 고독하게설게일생을 보내야겟구나」

그는목적도업는 발길을거러우에 옴기며 혼자한시햇다

(終)

延齡固本丹
主治効能
五勞七傷、諸虛百損、顏色衰朽、[illegible]、中年陽事不舉、精神短少、未至五旬鬚髮先白、手足[illegible]、腳膝[illegible]、婦人無子、下元虛冷[illegible]
[illegible]
慈生堂藥房
[illegible]京城五貳參貳番

『애욕지옥』 연재 마지막회(〈매일신보〉 1934년 1월 30일)

조고만 자존심을 직히기위하야 이제싸지 모든죄를 감행하야왓다 그러나

이제는 오직 죽엄으로써 그죄를 갑흘때가온것을 째다른것이엿다

한국근대대중문학총서 틈

〈한국근대대중문학총서 틈〉은 한국근대대중소설의 커다란 흐름, 그 틈새에서 잘 알려지지 않은 소설을 발굴합니다. 당대에 보기 힘들었던 과감한 작품들을 통해 우리의 장르 서사가 동트기 시작하는 모습을 볼 수 있습니다. 한국 문학의 새로운 지평을 서서히 밝히는 이 가능성의 세계를 즐겨 주시기 바랍니다.

한국근대대중문학총서를 발간하며

한반도에서 한국어를 사용하며 살아가는 우리는 언어공동체이면서 독서공동체이기도 하다. 김유정의 「동백꽃」이나 김소월의 「진달래꽃」과 같은 한국근대문학의 명작들은 독서공동체로서 우리가 기억해야 할 자산들이다. 우리는 같은 작품을 읽으며 유사한 감성과 정서의 바탕을 형성해 왔다. 그런데 한편 생각해 보면 우리 독서공동체를 묶기가 그렇게 간단하지만은 않다. 누군가는 『만세전』이나 『현대영미시선』 같은 책을 읽기도 했겠지만 또 다른 누군가는 장터거리에서 『옥중화』나 『장한몽』처럼 표지는 울긋불긋한 그림들로 장식되어 있고 책을 펴면 속의 글자가 커다랗게 인쇄된 책을 사서 읽기도 했다. 공부깨나 한 사람들이 워즈워스를 말하고 괴테를 말했다면 많은 민중들은 이수일과 심순애의 사랑싸움에 울고 웃었다.

한국근대문학관에서 근대대중소설총서를 기획한 것은 이처럼 우리 독서공동체가 단순하지 않았다는 점에 착안했다. 본격 소설도 아니고 그렇다고 '춘향전'이나 '심청전'류의 고소설이나 장터의 딱지본 소설도 아닌 소설들이 또 하나의 부류를 이루고 있었다. 이는 문학관의 실물 자료들이 증명한다. 한국근대문학관의 수장고에는 근대계몽기 이후부터 한국전쟁 무렵까지로 한정해 놓고 보더라도 꽤 많은 문학 자료가 보관되어 있다. 염상섭의 『만세전』이나 윤동주의 『하늘과 바람과 별과 시』처럼 한국문학을 빛낸 명작들의 출간 당시의 판본, 잡지와 신문에 연재된 소설의 스크랩본들도 많다. 그런데 그중에는 우리 문학사에서 한 번도 거론되지 않았던 소설책들도 적지 않다. 전혀 알려지지 않은 낯선 작가의 작품도 있고 유명한 작가의 작품도 있다. 대개가 그동안 잘 알려지지 않았던 작품들이다. 본격 문학으로 보기 어려운 이 소설들은 문학사에서는 제대로 다뤄지지 않았던 것들이다.

한국근대문학관에서는 이런 자료들 가운데 그래도 오늘날 독자들에게 소개할 만한 것을 가려 재출간함으로써 그동안 잊고 있었던 우리 근대문학사의 빈 공간을 채워 넣으려 한다. 근대 독서공동체의 모습이 이를 통해 조금 더 실체적으로 드러나기를 기대한다.

다만 이번에 기획한 총서는 기존의 시리즈와 다르게 작품의 내용을 이해하기 쉽게 하자는 것을 주된 편집 원칙으로 삼는다. 주석을 조금 더 친절하게 붙이고 작품의 배경이 되는 시대를 이해하는 데 도움을 주기 위해 다양한 참고 도판을 충분히 활용하는 것이 한국근대대중문학총서의 발행 의도와 방향을 잘 보여 준다. 책의 선정과 해제, 주석 작업은 전문가로 구성된 기획편집위원회가 주도한다.

어차피 근대는 시각(視覺)의 시대이기도 하다. 읽는 문학에서 읽고 보는 문학으로 전환하여 이 총서를 통해 근대 대중문화의 한 양상을 체험할 수 있도록 하자는 것이 기획의 취지이다. 일정한 볼륨을 갖출 때까지 지속적이고도 정기적으로 출간할 예정이다. 앞으로 많은 관심과 애정을 부탁드린다.

인천문화재단 한국근대문학관

한국근대대중문학총서 틈 08

이종명 소설
김정화 책임편집 및 해설

애욕지옥

기획 인천문화재단 한국근대문학관

보고사

일러두기

- 이 작품은 단행본 『애욕지옥』(삼문사, 1935)을 저본으로 삼았으나, 소실된 1쪽부터 18쪽까지의 초반부는 〈매일신보〉 1933년 11월 29일부터 1933년 12월 5일까지 연재했던 연재분으로 대체했다.

- 『애욕지옥』이 발표되었던 1930년대의 문체, 맞춤법 등을 현대 독자들이 이해하기 쉽도록 원문의 작의와 분위기를 훼손하지 않는 선에서 현대어로 옮겼다. 다만 몇몇 단어나 문장들은 작가의 의도를 잘 드러내기 위해 그대로 두었다.

- 원문에서는 여성을 '그'라고 표현했는데, 이를 문맥상 '그녀'로 통일했다.

- 원문에서 작가가 지속적으로 '남자'를 '사나이'로 표현한 특징을 살려 이 작품에서도 동일하게 표기했다.

- 한자 표기는 작가의 의도를 반영하여 원문에 나온 그대로 표기했다.

- 원문에서는 모든 외래어를 작은따옴표로 구분했으나 이 작품에서는 이를 반영하지 않았다.

- 단어의 뜻풀이가 설명이 필요한 어휘에는 주석을 달았다.

목차

죄의 거리

팔월 중순이라고 하지만 삼방(三防)[1] 골짜기의 저녁은 무명옷이 그리울 정도로 선선했다. 숙희(淑姬)는 어쩐지 저녁을 먹은 것이 편치 않은 것 같아서 상을 물린 채 혼자 누워 있으려니까 방문이 배시시 열리면서 유난히 화장을 한 애라(愛蘿)의 희끄무레한 얼굴이 나타났다.

"숙희야, 약물터에 안 갈래?"

"약물터? 아이, 난 또 속이 아파서……."

이렇게 말하며 숙희는 내키지 않는 듯이 푸시시한 머리를 들었다.

"아무리 속이 아프기로 어쩌면 밥 먹은 그 자리에 누워

1) 함경남도 안변군 신고산면(현 강원도 평강군 신고면) 삼방리에 있는 약수터를 지칭함. 당시 인기 있는 한여름 피서지였으며, 일대에 삼방폭포, 고음폭포 등의 풍경이 아름다워 예로부터 명승지로 알려졌음.

있니? 죽어서 소가 되려고. 하하하하."

애라는 호들갑스럽게 웃으면서 방 안에 들어섰다. 화려한 오버스웨터 아래로 발등까지 내려오는 채일 만큼 긴 치마가 바람결에 코디—[2]의 향수 냄새를 방 안에 풍겼다. 한 손에는 알루미늄으로 만든 표주박을 들고, 또 한 손에는 커다란 타월을 들고 서 있는 것이 누가 보더라도 단번에 서울 사는 부잣집 따님이 피서를 와 있는 것으로 보였다.

"그런데 얼굴이 왜 그 모양이니?"

"나?"

숙희는 이렇게 되물으며 서 있는 애라의 얼굴을 맥없이 쳐다보더니 자신도 몰랐던 것처럼 야윈 손으로 뺨을 쓰다듬어 보았다.

"아무래도 또 저녁을 조금 먹은 것이 얹힌 것 같아. 가슴이 아프고 속이 거북한 것이……."

"그것 참 큰일 났구나. 밤낮 그렇게 병이 잦아서……."

애라는 진심으로 딱하다는 듯 숙희를 내려다보며 가느다란 두 눈썹을 찡그렸다. 사실 그녀도 이 연약한 폐병 환자 친구를 대할 적에는 가엾다는 생각을 멈출 수 없었다.

애라는 잠깐 동안 묵묵히 서 있다가 물었다.

"그래. 안 갈래?"

"글쎄, 난—."

2) 향수 회사의 이름. 원래 명칭은 COTY. 1904년 향수 제조업자인 프랑수아 코티가 파리에 세운 회사가 그 시초임.

"얘, 그만두렴. 병도 병이지만 네가 아까……."

이렇게 말하며 애라는 무슨 생각을 했는지 윙크를 하고는 의미 있는 듯 웃으면서 말했다.

"네가 아까 그이한테 편지를 받아 보더니 그만 만사가 귀찮고 서울만 가고 싶은 거로구나."

"아이고, 망할 애 같으니. 편지는 무슨 편지를 받아 보았다고 그래."

"그래. 정말 오늘 편지를 안 받았단 말이니?"

"편지는 받기는 받았지만 아버지한테서 온 것이란다."

"아버지? 얘, 나도 다 알고 있단다. 척하면 척이라고 그런 눈치도 없는 줄 아니? 그래. 아버지한테 온 편지가 '김숙희 씨 친전'이라고 봉투에다 쓰고 또 밑에다가는 이……."

애라는 말끝을 입에 물은 채로 숙희를 물끄러미 내려다보며 말했다.

"이……. 말할까?"

"그래. 어디 말해 보렴."

하고 숙희는 대답은 했지만 어쩐지 두 뺨이 뜨거워지는 것 같아 그만 고개를 숙였다.

애라는 이런 모습을 보더니 말했다.

"저것 봐. 어쩜 저렇게 얼굴이 빨개지니."

"아이참, 계집애두……."

"그래. 뭐라고 편지에 썼든? 나 좀 보여 줄래? 응?"

"몰라."

"그까짓 것 좀 알려 주면 어때? 그렇다고 내가 너의 스위트 하트를 빼어 가겠니 뜯어 먹겠니. 안 그래? 얘, 숙희야!"

이렇게 말하며 애라는 수줍어하는 숙희의 앞으로 가서 일부러 동그라니 턱을 괴고 앉아 얼굴을 마주 보았다. 숙희는 그만 어이없다는 듯 일어났던 자리에 가서 도로 누우며 말했다.

"애, 공연히 몸 아픈 사람 가지고 놀리지 말고 너나 어서 약물터에 가렴. 암만해도 너야말로 요새 참 수상하더라. 저녁마다 약물터에 가네, 이러면서 단장을 하고 나서는 것이……."

이 말에 애라는 잠깐 놀란 듯 숙희의 얼굴을 그 똥그란 눈동자로 내려다보더니 갑자기 뭔가 생각난 듯 히죽 웃었다.

"암, 그야 수상하다 뿐이겠니. 사실 알고 보면……. 다 기막힐 만한 로맨스가 있지만. 하하하. 하여간 그건 장난하는 말이구."

애라는 조금 정색하며 말을 이었다.

"그럼 나 혼자 갔다 올게. 누워 있어. 아무쪼록 그동안에 그이 생각이나 많이 해라. 응?"

애라는 한 발을 방문턱에 걸쳐 놓은 채 마치 무슨 부탁이나 하듯 이렇게 말을 하고는 웃으면서 나갔다.

애라가 나간 뒤 숙희는 어쩐지 조금 쓸쓸한 생각이 들었다. 비록 몸이 조금 불편하기는 하지만 그래도 애라와 잠시라도 헤어져서 이렇게 빈방 안에 홀로 누워 있는 것이 참을 수 없이 고독하다는 생각이 들었다. 말이 많고 유쾌하고 향기로운 애라를 대할 때마다 때로는 그녀의 수선스러움이 너무 성가시지 않은 것은 아니지만, 어쩐지 그녀와 헤어진 후에는 매번 까닭 모를 적막한 심사가 가슴속에 치밀어 오르는 것 같았다.

숙희와 애라는 벌써 십여 년 전 소학교 다닐 때부터 우연한 기회로 사이가 가까워졌다. 올해 봄에 ○○여자고등보통학교를 졸업한 후 오늘까지 그들은 서로 자신을 상대자의 가장 가까운 친구로 자처할 만큼 피차 서로의 성격이라든지 마음을 잘 알고 있었다. 그러나 애라는 언제 보아도 철없는 학생 시대의 성격이 그대로 남아 있는 듯했다. 장난을 잘 치고 대담하고, 부끄러움을 모르는 등의 성격이 스물이 가까운 지금까지도 변치 않고 여전히 남아 있었다.

이런 애라의 성격을 대할 때마다 숙희는 자기 자신의 우울하고 어둡고 수줍은 성격을 돌아보았다. 이런 성격에는 물론 여러 가지 환경……. 단지 하나뿐인 넉넉지 못한 홀아버지 손에 길러져 일상을 병으로 신음하고 있는 연약한 자신과, 번듯하고 화려한 부잣집 딸로 태어나 고생이란 모르고 응석받이로 자란 애라와는 자연히 성격까지도 다를 수밖에 없었다. 이렇게 생각하면 자신은 아무런 행복도 즐거움도 기대할 것 없는 고독한 신세처럼 느껴졌다.

어느새 달이 떴는지 울타리 밖에 서 있는 머루나무 그림자가 영창[3] 위에 그린 듯 비쳤다. 집 앞을 흘러가는 냇가의 여울 소리가 더 한층 뚜렷한 것 같은데 어디선가 멀리서 부엉이 우는 소리가 들려왔다.

애라는 숙희의 방에서 나온 뒤 문간에 서서 잠깐 주저했다. 아래 약수터가 가깝기는 하지만 너무도 사람들이 북적거리는 것이 싫었다. 위 약수터는 좀 멀고 길이 호젓하긴 하지만 그래도 특히 여자에게는 좋다고 하니……. 그러나 그보다는 애라가 일부러 위 약수터를 정한 것은 또 한 가지 다른 이유가 있었다.

이유? 하지만 그것은 애라 자신도 설명할 수 없는 일종의 막연한 것이었다. 하지만 막연한 만큼 애라는 어쩔 수 없는 불가항력에 끌리는 것처럼 걸어갔다.

음력 칠월 열나흗날 밤 여덟 시라 할 것 같으면 벌써 은반 같은 둥근달이 지평선 위에 떠올랐을 때다. 그러나 높은 산과 산 사이에 끼어 있는 이 삼방 골짜기에는 아직도 달그림자가 비치지를 못했다. 턱을 받칠 것 같은 가파른 산봉우리가 푸른 이슬을 머금은 채 밤하늘에 금을 놓은 것처럼 윤곽을 드러내고 있는 것은 한편으로는 장엄한 풍경이었다.

애라는 마을을 벗어나 어스름한 지름길을 더듬어 가며 늘 지나치던 외나무다리까지 가려니 앞에서 희끗희끗한 사람의 그림자 같은 것이 움직이고 있는 것을 발견했다.

3) 방을 밝게 하기 위하여 방과 마루 사이에 낸 두 쪽의 미닫이

아마 자기와 같이 역시 약숫물을 먹으러 가는 사람이려니 하고 생각하려 했지만 어쩐지 혹시 그이가 아닌가 하는 생각이 자꾸 앞서는 것 같았다.

아닌 게 아니라 다리를 건너 앞에 이르고 보니 그녀가 예상했던 바와 같이 과연 그 사람이었다. 아래위를 순백의 유니폼으로 입고, 단장[4]을 짚으며 담배를 문 채 누구를 기다리는 듯 우두커니 서 있는 것이 밤눈에 보아도 단번에 그 사나이임을 알 수 있었다.

애라가 일부러 못 본 척하고 딴 곳을 바라보며 급하게 지나치려 한 것은 아니었지만, 무슨 까닭인지 그 사나이의 앞을 지나갈 적에는 가슴이 울렁거리며 자기도 모르게 걸음이 휘청거리는 것 같았다. 호젓한 산길에서 사나이를 만났다는 여자들의 공통된 의구심 말고도 애라에게는 다른 또 한 가지 이유가 있었다. 그것은 쏘아보는 것 같은 그 사나이의 날카로운 시선 속에 자기의 몸을 오래 지체해 두는 것이 무서웠기 때문이었다.

그러나 사나이의 앞을 지나 채 두어 걸음도 못 갔을 때 남자의 목소리가 무의식중에 애라의 걸음을 붙잡아 놓았다.

"지금 약수터에 가시는 길입니까?"

애라는 속으로 뻔히 그럴 줄 알고 있었으면서도 천연덕스럽게 놀란 표정을 보였다.

"아이고. 참, 난 누구시라고……. 저는 그만 몰라봤어요."

4) 짧은 지팡이

"그렇게도 몰라보셨어요."

남자는 웃으면서 두어 걸음 애라에게로 가까이 오더니 가볍게 머리를 숙여 인사를 했다.

"저는 이때까지 기다려도 안 오시기에 아마 오늘 밤에는 안 오시는 줄 알고 겁을 냈더니……. 하하하."

"호호호. 겁을 내셨어요? 그게 뭐 겁나실 일인가요?"

"그래도 매일같이 뵙다가 오늘 밤만 못 만난다는 것이 이상하기도 하고, 또 한편으로는 혹시 이곳을 떠나시지는 않으셨나 하는 의심도 있고 해서……."

사나이는 사실 몹시 기다렸던 것처럼 이렇게 말하며 손에 들고 있던 담배 끄트머리를 발로 비벼 버렸다. 그 근처에는 그가 피우다 버린 것 같은 담배꽁초가 서너 개나 널려 있었다.

애라는 사나이가 자기에 대하여 이토록이나 관심을 갖고 있다는 것이 꺼림직하면서도 어쩐지 한편으로는 기뻤다. 자기 역시 이 사나이에 대한 관심의 정도가 요새 와서 갑자기 진보된 것을 보고 무슨 까닭인지 그들의 사이에는 벌써 끊으려 해도 끊을 수 없는 무엇이 서로 얽혀 있는 것처럼 생각되었다.

처음 이 사나이와 애라가 알게 된 것은 불과 십여 일 전이었다. 원산 해수욕장에서 한 이십여 일을 보낸 애라는 갑자기 바다가 싫고 산이 그리워져서 처음 서울을 떠날 때 예정했던 것을 변경하고 이 삼방으로 온 것이었다.

와서 보니 뜻밖에 병으로 요양을 온 숙희도 만나게 되고 해서 그럭저럭 오륙일 동안을 묵었다. 그러나 무슨 일이든 오랫동안 흥미를 갖지 못하는 그녀의 다각적인 성격은 금방 이 단조로운 피서지에도 염증을 느꼈다. 이제는 어쩐지 서울의 화려한 밤거리, 시네마와 재즈와 칼피스[5]의 시원한 촉감이 그녀를 유혹하기 시작했다.

그래서 삼방에 온 지 불과 일주일도 못 돼서 그만 서울로 올라갈까 하고 생각할 때 등장한 사람이 바로 이 사나이였다.

애라와 이 사나이가 사귀게 된 경로는 극히 산문적(散文的)[6]이었다. 저녁이 오면 약숫물을 먹으러 다니는 길에 우연한 기회로 두 사람은 대여섯 번이나 만나 보게 되었다. 그 사나이는 이십오륙 세쯤 되어 보이는 키가 크고 콧날이 긴 스포츠맨 타입의 호남자였다. 언제 보아도 머리 가르마를 사 대 육으로 갈라서 곱게 빗고 단장을 들고 담배를 문 채 서 있었다.

애라는 처음 이 사나이를 대했을 때 그의 긴 콧날 아래로 빈틈없이 닫혀 있는 입모습과 이지적인 총명함이 있는 두 눈이 몹시 좋은 인상을 주었다. 더구나 운동선수와 같은 미끈한 체격이라든지 걷어 올린 소매 아래로 내다보이

5) 1919년에 처음 발매된 일본의 유산균 음료수
6) 평범한 상황

• 삼방 약수터 전경(〈동아일보〉 1926년 9월 4일)

는 햇볕에 탄 튼튼한 팔뚝이 믿음직스러워 보였다.

한 번, 두 번, 세 번……. 그리고 네 번째 가서는 어쩐지 서로 우연히 만난다기보다 피차 만날 기회를 일부러 만드는 것 같았다. 혹시 한쪽이 시간을 어겼을지라도 반드시 다른 쪽에서는 일부러 지체해 가면서라도 기다려서 상대의 얼굴을 보지 못하면 뭔가를 잃어버린 사람처럼 허전해졌다.

피서지의 분위기는 젊은 남녀들의 마음을 두근거리게 만드는 것이다. 애라와 사나이는 어느 사이에 눈웃음으로 인사를 교환하기도 하며 혹시 동행이 되었을 때는 그날의 날씨에 대하여서나 또는 허물없는 이야기에 소리를 내어 웃을 만치 친밀해졌다.

그것이 그 사나이와 처음 만나서부터 불과 칠팔일 뒤의 일이었다. 생각하면 작은 우정으로 시작했지만 어느 사이에 상대방이 오지 않는 것을 '겁낼' 만큼 발전했다는 것은 그들도 예상치 못했던 일이었다.

어느 틈에 달이 떴는지……. 그것은 마치 터널을 통과하는 기차가 암흑 속에서 한순간 밝은 곳으로 나오듯, 갑자기 두 사람의 주위를 대낮처럼 환하게 만들었다. 바라보니 맞은편 산봉우리 위에는 분을 바른 보름달이 수줍은 색시처럼 방긋 바라보고 있었다.

"자, 하여간 가면서 이야기합시다."

사나이는 이렇게 말하며 걸음을 떼어 놓았다. 애라도

묵묵히 사나이와 어깨를 나란히 하고 걷기 시작했다.

"그런데 오늘은 어째서 이렇게 늦으셨나요?"

"제가 좀 앓고 있는 친구를 찾아보고 오느라 아마 평소보다는 조금 늦어진 것 같아요."

"친구 중에 병자가 있습니까?"

"네. 저랑 한 학교에 다니던 친구인데, 폐병으로 이곳에 요양을 와 있어요. 저도 몰랐는데 이곳에 와서야 처음 알고 여간 놀라지 않았겠어요."

"허, 폐결핵(肺結核)이라고요?"

그는 폐병이란 말을 폐결핵으로 정정했다.

"그거참, 젊으신 분이 안됐습니다그려. 증세는 어떻습니까? 중태입니까?"

"뭐, 아직 중태라고 할 것은 없지만 그래도 평소 열이 있고, 또 마른기침이 잦은 모양이에요."

"열이 있고, 마른기침이 잦고……. 그럼 아직 초기의 폐첨(肺尖)[7]인 모양이로군요. 각혈(咯血)도 있나요?"

애라는 사나이가 이상하게도 열심히 묻는 태도가 우스운 듯 잠깐 입가에 미소를 띠었다.

"네. 저는 보지 못했지만 그 애의 말을 들으면 하루에도 두세 번은 피가 나온대요. 새빨갛고 많은 피가……."

"역시 폐첨이로군요. 그 정도에서 잘 치료한다면 회복할 수도 있겠지만……. 그래 무슨 약을 먹고 있습니까?"

7) 폐결핵 초기 증상

"약은 별로 먹는 것이 없는 모양인데 서울에서 의사가 알려 준 무슨 로진논칼슘이라나 하는 주사를 맞고 있는 모양이에요."

"로진논칼슘! 그건 퍽 구식인데요. 요새 새로 나온 뿌렌쓰힌[8] 같은 것이 초기의 폐첨에는 상당히 효과가 있는 것이지만……."

이때 한 무리의 약물터에 다녀 내려오는 피서객들이 떠들고 지나가는 바람에 그들은 잠깐 대화를 멈추고 묵묵히 걸어갔다.

조그만 냇물이 흘러가는 시냇가에 도착해 보니 여울목에 부딪히는 급류가 달빛을 받아 보석을 뿌린 것처럼 찬란하게 빛나고 있었다. 사나이는 문득 걸음을 멈추고 이 작은 자연의 조화에 심취한 듯 우두커니 그것을 바라보고 있었다.

"참 아름다워요."

옆에 서 있던 애라가 작게 말했다.

"좋지요?"

사나이는 이렇게 말하며 애라를 돌아보았다.

"역시 자연이란 이 세상에서 제일 위대한 예술가입니다. 사람들이 제아무리 위대하고 숭고한 아름다운 예술을 창조하려고 한다지만, 생각해 보면 그것은 다 어린아이 장난 같은 것이에요. 이 우주에서 극히 적고 일부분인 이 조

8) 문맥상 폐결핵 치료제로 추정됨.

그만 자연의 장난이 주는 것만 한 감격적인 예술이 과연 이 세상에는 얼마나 있는지……. 상상조차 안 되지요?"

그는 조금 흥분한 듯 이렇게 말하고는 감격에 찬 표정을 했다. 그러나 바로 자신이 생각해도 이런 값싼 감격을 느낀다는 것이 우스운 듯 얼굴에 미소를 띠었다.

"하여간 이곳에서 잠깐 쉬었다 갑시다."

그는 이렇게 말하며 시냇가 한쪽에 평평한 바위가 있는 것을 발견하고 그곳에 걸터앉았다. 애라도 이의가 없는 듯 따라서 함께 앉았다.

기압이 높고 공기가 맑은 이곳의 달은 유난스레 밝은 것 같았다. 어느 틈에 중천에 높이 뜬 달이 그 맑고 깨끗한 빛을 어김없이 팍팍 내려 뿌리고 있었다.

"병리에 대해 퍽 자세히 알고 계신 것 같은데……. 의학을 연구하세요?"

얼굴의 절반이 달빛에 받아 마치 조각과 같이 굳센 윤곽을 드러내고 있는 사나이를 쳐다보며 애라가 말했다.

"의학이요? 그건 어찌 아셨습니까?"

"어쩐지 그런 것 같은 생각이 들었어요. 개업하셨나요?"

"아직……. 올챙이 의사라고나 할까. 겨우 금년 봄에 대학을 마치고 지금 연구실에 있습니다."

"무슨 과를 전공하세요?"

"이건 무슨 심문 같군요. 하하하."

사나이는 가볍게 웃었다.

"내과 중에서도 특히 폐결핵에 관한 연구를 하고 있습니다."

"폐결핵이요? 오, 그래서 아까 저의 친구가 폐병을 앓는다니까 열심히 물어보셨군요. 참 잘됐어요. 내일 낮에 바쁘지 않으시면 한번 제 친구를 봐주지 않으시겠어요? 그 친구는 약혼 중인 여자인데 다가올 가을에 결혼식을 거행하려던 차에 그런 병이 걸려서 여간 가엽게 되지 않아서요."

"글쎄, 그러시다면 봐드려도 상관은 없습니다만……."

사나이는 무슨 까닭인지 조금 어설픈 표정으로 말하기 거북한 것같이 주저하다 말했다.

"이렇게 말씀드리면 실례가 될지 모르겠는데, 그 친구를 소개시켜 주기 전에 먼저 그 친구를 소개시켜 주려는 분과 인사를 하는 것이 정당한 순서가 아닐까 해서요."

이상하게 말을 빙빙 돌려서 하는 사나이의 태도가 애라는 우습다는 생각이 들어 웃었다. 그러나 사실 그들 사이에는 사귄 지 십여 일이 되고 또 이만큼이나 가까운 사이가 되었지만 그들은 서로가 어떤 사람이고 이름은 무엇이고 나이는 얼마이고 하는 것을 지금 와서 새삼스럽게 알려고 하는 것이 어쩐지 우스운 것 같아서 피차에 주저하고 있었던 것이다.

"그런 평범한 형식은 생략하는 것이 좋지 않아요?"

"그렇긴 하지만 그래도……."

"그럼 먼저 자기소개부터 하세요."

"자기소개를 먼저 하라고요? 허……."

사나이는 거북스럽게 뒤통수를 긁적거렸다.

"그럼 보고하겠습니다."

그는 갑자기 앉았던 자리에서 벌떡 일어나 차렷 자세로 섰다.

"이름은 최영호. 나이는 스물일곱. 이학사. 총각. 지금 ○○대학 의학부 내과 교실에 근무하고 있습니다. 이상."

그는 이렇게 말하며 마치 병정이 상관에게 하듯 경례를 했다. 그 행동은 여간 우스운 것이 아니었다. 애라는 손에 들고 있던 수건으로 입을 가리며 웃었다.

"아이고, 허리야……. 어쩌면 그렇게 사람을 웃기세요."

영호가 (이제부터는 사나이라는 대명사를 쓰지 않겠다) 다시 자리에 앉기를 기다려 애라는 이렇게 말했다.

"자, 이제는 당신 차례입니다."

"저는 그만둘래요. 그런 재주도 없고……."

"그건 안 될 말이지요. 자, 나이는?"

"열아홉이에요."

"주소는?"

"경성."

"학교는?"

"○○여자고보 졸업."

"마지막으로 이름은?"

이름은?이라는 물음에 애라는 말이 콱 막혀 버렸다. 이렇게 피서지에서 잠깐 만났다가 헤어진 뒤 다시 만나지도 못할 사나이에게 자신의 이름을 알려 준다는 것이 부적절한 행동처럼 생각되었다. 그것은 애라가 아무리 쾌활하고 대담한 근대적 성격을 가진 여성이라 해도 그녀의 머릿속에서는 아직도 근신하고 조심스러운 조선 처녀의 정신적 전통이 무의식중에 이러한 행동을 비난하고 있었기 때문이었다.

"이름은?"

영호가 다그쳐서 묻자 애라는 순간 "김숙희"라고 대답했다.

"김. 숙. 희. 씨."

영호는 마치 맛있는 음식을 씹듯이 그 이름을 한 글자, 한 글자 천천히 되풀이했다.

그러나 실상 놀란 것은 애라 자신이었다. 설사 이름을 알려 준다 하더라도 이 세상에는 얼마든지 이름이 있건만 어째서 하필 김숙희의 이름을 말했는지 알 수 없었다. 숙희에게 미안하다는 생각보다도, 한순간 무심코 흘러나온 이 말에 자신도 몹시 놀랐으나 이미 영호가 그 이름을 되풀이한 뒤였다.

애라의 양심은 이 작은 죄를 취소하라고 했지만 그러기에는 영호의 너무도 솔직한 태도가 무서웠다. 그러나 이 작은 한마디의 거짓말이 장차 얼마나 큰 인과의 비극을 빚어낼지 귀신이 아닌 애라는 알 길이 없었다.

"그럼 김숙희 씨……라고 하셨지요? 그런데 숙희 씨는 결혼을 하셨습니까?"

"결혼이요? 호호호."

숙희, 아니 애라는 자신이 생각해도 조금 요사스럽게 태도를 지어 웃었다.

"여자에게 그런 질문을 하는 건 실례예요."

"그건 저도 압니다만 어쩐지 마음에 몹시 걸려서요. 하하하."

영호도 이렇게 말하며 실없는 소리라는 듯 웃었으나 그는 얼굴에 애라의 기색을 살피는 듯한 표정을 지어 보였다.

무심코 영호를 쳐다보던 애라는 이러한 그의 시선과 마주치자 어쩐지 못 볼 것을 본 것처럼 황급하게 눈을 내리깔았다. 그는 무릎 위에 놓았던 알루미늄 표주박을 만지작거리면서도 웬일인지 사나이의 호흡이 자기를 압박하는 것처럼 느껴졌다.

숲속에서 베짱이 우는 소리가 벌써 가을 소식을 전하는 것같이 쓸쓸하고 호젓하게 들려왔다. 이슬이 흩날리는 바람을 따라 살에 닿는 후줄근한 옷의 촉감이 선득했다.

"조금 선선한데……."

"글쎄요. 이제 그만 약물터로 가 볼까요."

"오늘 저녁은 늦었기도 하고 그러니 약물터는 가지 맙시다."

"하지만 기왕 여기까지 왔는데 그만둔다는 것도 좀 그

렇지 않아요?"

"하긴 그렇기도 하지만……."

이렇게 말하며 영호는 단장 끝으로 땅을 찍었다.

"약물터에 가는 대신 저의 여관에 가서 놀다 가실래요? 제가 가지고 온 '포터블' 유성기[9]가 있는데 그것도 들어 보실 겸……."

영호는 이렇게 말하면서도 이상하게 수줍은 생각이 들어 얼굴이 조금 붉어졌다.

애라는 영호의 유혹이 이렇게까지 노골적으로 올 줄은 몰랐기 때문에 놀랐다. 그러나 정말 놀란 것은 이런 말을 듣고서도 별로 흔들리지 않는 그녀의 자랑스러운 처녀의 의기, 그것이었다.

그녀가 아무리 말괄량이에 가까울 정도로 번잡스럽고 대담하고 흉허물없는 성격을 가진 여자라 할지라도 역시 그녀의 머릿속에는 무서울 정도로 고상하고 건방질 정도로 자긍이 가득 차 있었다. 그러나 이 고상함과 자긍도 영호의 앞에서만은 아무것도 아니었다. 무슨 까닭인지 그의 앞에 있으면 애라는 자신이 작고 약하고 하잘것없는 것 같았다. 영호의 일거수일투족 말 한마디까지 그것이 애라를 옴짝할 수 없게 구속하고 명령하는 것같이 느껴졌다.

"'포터블'을 가지고 오셨어요? 그럼 재미있는 소리판이 있나요?"

9) 휴대용 유성기

애라는 애써 자기 마음속에 있는 이러한 무력감을 감추기 위해 무슨 흥미가 있는 것처럼 물어보았다.

"뭐 몇 장 되지는 않지만……. 물랭 루주에서 공연한 〈파리의 지붕 밑〉하고 또 짐발리스트[10]의 〈헝가리 광상곡〉 같은 것이 몇 장 있습니다."

"퍽 세련된 취미를 가지셨네요. 짐발리스트의 〈헝가리 광상곡〉 같은……."

"그렇게 업신여겨 보지만은 마십시오. 이래 봬도 대학 시절에 합창대에 한몫 낀 적도 있답니다. 하하하하."

영호는 유쾌한 듯 웃더니 앉아 있던 자리에서 벌떡 일어났다.

"자, 하여간 저의 여관으로 가십시다. 어디 숙희 씨의 음악 감상담도 들어 보고……. 또 제가 아까 수박을 얼음에 채워 놓은 것도 있고 하니……."

영호는 이렇게 말하며 으레 애라가 따라올 줄이나 아는 것처럼 앞서서 오던 길을 되짚어 걸어갔다.

사실 애라는 아무 말 없이 영호를 따라 걸어갔다. 하지만 어쩐지 땅을 딛는 다리가 술 취한 사람처럼 휘청거리는 것 같았다.

"아마 숙희 씨는 저 같은 몰취미한 사람보다 예술가를 더 좋아하시지요?"

10) 1889~1985. 러시아 출신의 바이올리니스트. 1924년과 1935년 조선에 와 독주회를 가진 바 있다.

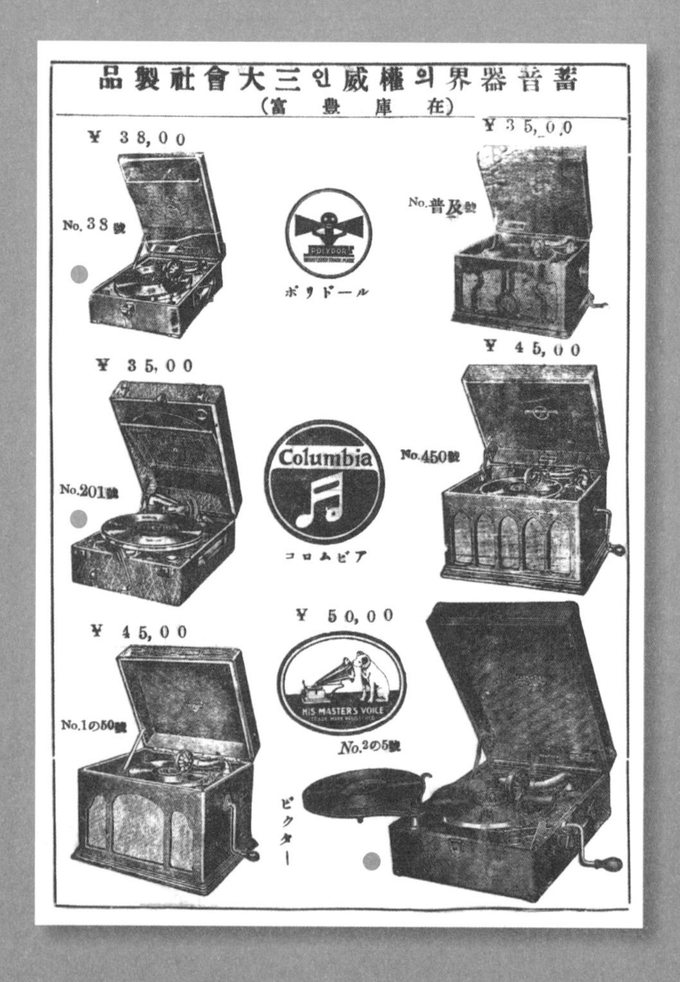

• 1930년대 초반 유성기 광고. '●'표시가 있는 것이 포터블(휴대용) 유성기이다.(한국음반아카이브연구소 제공)

"그건 또 무슨 뜻인가요?"

"어쩐지 그런 생각이 나서요. 더욱이 젊은 여성들이란 대개 낭만적이니까요."

"그런데 저는 정반대예요. 위대한 예술가들의 예술은 사랑하지만 사람으로서는 어쩐지 감복할 수 없는 것 같아요. 예술에 종사하는 사람들은 대개 비굴하고, 나약하고, 아첨하고……. 그게 싫어요."

애라는 자기가 생각해도 자신도 모르게 목소리가 커진 것 같아서 말을 탁 끊었다. 그리고 속으로 '아아, 너 흥분했구나'라고 생각했다.

이제 밤 두어 시나 되어서야 애라는 그녀의 여관으로 돌아왔다. 숙희의 방 앞을 지나칠 적에 인기척을 죽여 살짝 미닫이를 열고 들여다보니, 숙희는 남폿불을 희미하게 줄여 놓은 채 잠이 들었는지 고요했다. 애라는 어쩐지 무거운 짐을 내려놓은 것처럼 가볍게 안심을 하고 자신의 방으로 돌아와서 불을 끄고 자리를 펴고 그 위에 내던지듯이 드러누웠다.

그러나 여전히 애라의 가슴은 두근거리고 정신이 허공에 떠 있는 것처럼 갈피를 잡을 수 없는 불안이 그녀의 전신을 휩싸고 있었다. 뭐라고 형용하면 좋을지……. 한순간 머릿속이 텅 빈 것 같은 공허한 느낌……. 아끼고 자랑하고 소중하게 여기던 무엇을 단번에 잃어버린 것 같은 분함과 부끄러움과 기개가 없어진 것이 견딜 수 없을 정도로 그녀의 마음을 흥분시키고 초라하게 만들었다.

자신이 그렇게도 자랑스럽게 알던 그 지조가 그 사나이의 앞에서 하룻저녁 동안에 문제도 없이 간단하게 파괴된 생각을 하면 어쩐지 그것이 꿈속의 일 같았다. 이제부터 자신에게는 아무런 자긍도 없는 몸이 되었구나, 하니 금방 회한의 눈물이 쏟아질 듯했다.

애라는 그만 견딜 수 없는 듯 베개를 돋우고 두 눈을 감았다. 생각지 않으리라! 생각지 않으리라! 하면서도 그녀의 감고 있는 두 눈의 영막(映幕)[11] 속에는 여전히 조금 전에 영호의 방에서 지낸 그 무서운 순간이 또렷하게 드러났다. 무슨 점착력이 있는 동물처럼 유난스럽게 자신의 몸에 감기어 떨어지지 않던 사나이의 그 체온! 불같은 호흡을 토하면서 자신의 얼굴 위를 더듬던 그의 뜨거운 입술……. 그리고 이래서는 안 되겠다, 이래서는 안 되겠다, 하면서도 무슨 커다란 힘에 끌려들어 가는 것처럼 변변히 반항도 못 하고 몸을 내맡긴 자신……. 이런 것들이 번갈아 가며 파노라마같이 떠올랐다.

사실 가만히 생각하면 오늘 저녁때 애라의 행동은 자신이 생각해도 도깨비에게 홀린 것 같은 알 수 없는 짓이었다. 하필 숙희의 이름을 자신의 이름이라고 속인 것이라든지, 영호를 따라 그의 여관으로 찾아간 것이라든지, 그리고 그에게 자기의 몸을 내맡긴 것이라든지……. 그 모든

11) 영화나 환등을 영사하는 막, 즉 영사막(映寫幕)을 지칭함.

것이 일종의 막연한 불안을 만들어서 그녀를 압박했다.

애라는 웬일인지 몸서리가 쳐지는 것 같아서 발밑에 있는 홑이불을 끌어 올려 머리까지 뒤집어쓰려니 갑자기 창밖에서 인기척이 나며 방문이 열렸다. 그녀는 가슴속에서 덜컥하는 무엇을 느끼면서 화닥닥 일어나 앉았다 바라보니 방문턱에는 어느 틈에 숙희가 서 있었다.

"아이고, 깜짝이야! 난 누구라고."

"그런데 너 언제 왔니?"

"벌써 아까 왔지. 너는 자고 있더구나."

"기다리다 못해 잠깐 잠이 들었어. 그런데 웬일이니. 잠옷도 안 갈아입고."

숙희는 이렇게 말하며 애라의 앞에 와서 앉았다. 그리고는 뭔가를 찾아내리라는 듯 그녀의 얼굴을 물끄러미 들여다보았다.

"응. 저, 서울 친구를 또 한 명 만나게 돼서, 그 애 집에서 놀다 오느라고……."

애라는 숙희의 시선을 마주 바라보는 것이 눈부신 듯 고개를 숙이며 이렇게 말끝을 우물쭈물해 버렸다. 어쩐지 두 사람 사이에는 괴로운 침묵이 가로막고 있는 듯했다. 그것이 이상하게 어색한 자리로 만들었다. 별안간 애라가 말했다.

"나는 내일 아침 차로 서울에 갈게."

애라는 유난히 서러운 눈빛으로 숙희를 우두커니 바라

보더니 갑자기 와락 달려들어 숙희를 껴안았다.

"나는, 나는 아무래도 서울 생각이 나. 어머니가 보고 싶고……. 또 이런 피서지의 기분이 싫증이 나. 웬일인지…… 자꾸……."

자신도 종잡을 수 없는 이런 말을 토막토막 하고 있는 애라의 두 눈에는 눈물이 글썽거렸다.

파경(破鏡)

이곳은 서울 삼청동 막바지 숙희의 집이다.

집 주위에 둘러서 있는 버드나무 울타리가 어느 사이엔지 누르스름하게 단풍이 들어서 바람이 지나갈 때마다 우수수하고 무심한 낙엽을 날리고 있다. 비록 오막살이 초가집일망정 깨끗하고 아담한 것이 그 집주인의 평화스럽고 결벽한 기질을 보여 주고 있는 것 같다.

집 앞을 흘러 내려가고 있는 소리 높은 맑은 시내라든지, 그것을 건너 맞은편 석벽 위에 뚜렷이 새겨 놓은 삼청동문(三淸洞門)이란 넉 자가 어쩐지 갑갑하고 괴로운 서울을 멀리 떠난 어느 한적한 시골 같은 느낌을 준다.

지금 숙희의 아버지 백은(白隱) 김유흠(金有欽)은 그의 서재 겸 응접실인 사랑방에서 손님과 마주하고 있는 중이다. 바야흐로 넘어가는 저녁 햇빛이 영창에 환하게 비쳐 반백이 넘은 백은 선생의 얼굴을 한층 더 숭고하게 보여 주고 있는 것 같았다. 두어 간[12]밖에 안 되는 좁은 방이었지만 창가 밑에는 화류서안[13]이 놓여 있고 그 위에는 『고문진보(古文眞寶)』와 『당송제가집(唐宋諸家集)』 같은 당판서적[14]이 문방제구와 함께 정연히 놓여 있다. 그리고 맞은편 바람벽 위에는 선생의 달필로 쓴 '문장광염사성두(文章光焰射星斗)'란 일곱 글자가 학구[15]로서 근엄하고 숭고하게 일생을 지내 온 선생의 기개를 그대로 설명하고 있는 듯 굽어보고 있었다.

누구든지 선생을 대하는 사람은 그의 백발동안[16]으로부터 오는 너그러운 풍모에 까닭 모를 친화력을 느낄 것이다. 그러나 오늘의 선생은 어쩐지 몹시 흥분한 것처럼 긴장된 표정으로 찾아온 손님의 이야기를 듣고 있었다.

"…… 그런 만큼 이 점은 선생께서도 충분히 생각하시고, 피차 양쪽에서 창피하지 않도록 일을 처리하려 합니다. 물론 일이란 것이 중간에서 이해도 없는 사람들이 별별 소문을 다 내는 것이지만, 또 그만큼 중대한 인륜대사인지라 그런 소문을 덮어 놓고 묵살할 수는 없는 노릇이고……. 참 생각하면 딱한 일이올시다."

12) 1간은 약 1.82미터이다.
13) 붉은빛을 내는 고급 목재로 만든 책상
14) 중국에서 새긴 책판, 또는 그것을 박아 낸 책
15) 학문에만 열중하여 세상 물정을 모르는 사람
16) 나이는 많으나 매우 젊어 보이는 사람

나이는 한 사십이나 되었을까. 언뜻 장사꾼처럼 보이는 이 대머리의 뚱뚱한 손님은 무서울 정도로 달변인 말투로 이렇게 말을 막더니 양복 주머니에서 손수건을 꺼내 이마를 닦았다. 그러나 백은 선생은 대체 이 사람 이야기의 초점이 어디에 있는지 알 수 없었다. 자기 딴에는 말을 가장 고상하고 완곡하게 돌려서 하는 모양이지만, 그것이 도리어 이야기의 중심을 혼란시키는 것 같았다.

처음 이 사람이 찾아와서 이현조(李顯朝)란 명함을 보여 주고 면회를 청할 때부터 백은 선생은 듣지 못한 이름일 뿐만 아니라 어쩐지 탐탁지 않은 생각이 들었다. 그러나 반갑게 나와 대면해 보니 역시 처음 보는 사람이었다. 그는 선생을 보자 우선 요즘 날씨에 대해 장황한 인사를 늘어놓더니, 다음에는 자기가 이번에 숙희의 약혼자인 이석진(李石鎭)의 당숙 되는 사람이라고 자기소개를 했다. 그리고 이야기를 꺼낸 것이 지금의 이야기였다.

결혼이란 인륜대사다. 그만큼 그것은 신중히, 엄숙하게 거행할 필요가 있다는 말을 그는 몇 번인지 거듭하여 설명했다. 그리고 그 결혼이란 것이 혼사를 치른 후에 후회할 만한 결혼일 것 같으면 애초에 결혼을 중지하는 것이 신랑 신부를 위해, 또는 양쪽 사돈 간의 체면을 위해 마땅한 일이다. 약혼도 중대한 것이 아닌 것은 아니지만 그러한 조그만 형식에 구애받아 무리한 결혼을 해 봐야 그것은 오직 두 사람의 불행을 만들 따름이요, 아무런 의미도 없는 것이다. 차라리 바로 눈앞에 다가온 작은 불행인 약혼을 파기해서라도 두 사람의 일생을 불행에서 구할 수 있다면 그것이 현명한 방법일 것이다.

그러니 그 점은 잘 생각해서 양쪽에서 창피하지 않도록 처리하자,는 것이 그 사람의 장황한 이야기의 골자였다. 그리고 마지막으로, 또 요컨대 결혼이란 인륜대사니 신중하고 엄숙하게 생각할 필요가 있다고 결론을 내렸다.

백은 선생은 그 말이 무엇을 의미하는지 알 수 없었다. 어쨌든 숙희의 약혼 문제에 대해 무슨 여의치 않은 곡절이 생긴 것만은 알겠으나 그래도 이런 이야기를 처음 듣는 그는 대체 어떻게 된 일인지 분간을 할 수 없었다. 그래서 선생은 손님의 이야기가 끝나기를 기다렸다가 말했다.

"네. 말씀은 잘 알겠습니다. 물론 결혼이란 중대한 것인 것도 알고 신중해야 할 것도 짐작하고 있습니다. 그런데 새삼스럽게 이제 와서 이런 이야기를 듣게 된다는 것이 무슨 다른 의미를 암시하시는 것 같습니다. 말씀 중에 무리한 결혼을 하는 것보다는 차라리 약혼을 파기하는 것이 현명한 방법이란 말씀을 하셨는데, 내 생각 같아서는 이번 결혼이 무슨 무리한 결혼이 될 것 같지는 않은데 그런 말씀을 하시는 것을 보면 혹시 이쪽도 모르는 사이에 무슨 잘못이나 했는지, 하는 생각도 납니다. 하여튼 그 점을 좀 구체적으로 분명하게 말씀해 주시면 나도 생각해 보겠습니다."

백은 선생은 이렇게 말하며 손님을 마주 보았다.

신랑의 당숙이라고 밝힌 그는 선생의 말을 듣고 매우 거북한 것처럼 연신 헛기침을 했다.

"그렇게 말씀하시는 것도 무리는 아니올시다만, 그런 일이란 꼬치꼬치 들춰내게 되면 피차 창피스럽기만 한 노릇이고, 또 차라리 모르는 것이 아시는 것보다 나을 것입니다."

"그게 무슨 말씀이오?"

선생은 갑자기 정색했다.

"지금 말씀하신 것을 들어 보면 약혼을 파기하실 의향으로 오신 것 같고, 더욱이 그 원인이 이쪽에 있는 것 같은데, 그 이유도 듣지 않고 무조건 파혼을 승낙할 수 있겠습니까? 설사 그런 것을 드러내는 것이 어떠한 모욕을 준다 해도 과실은 우리들에게 있는 것이니 달게 받겠습니다."

이렇게 말하며 얼굴에 단호한 빛을 띠었다.

"대체 내 여식인 숙희에게 무슨 부족한 일이 있다고 그러십니까?"

이렇게 말하는 백은 선생의 어조는 조금 흥분이 지나쳐 떨리는 것 같았다.

"어, 그렇게 노골적으로 물어보시면 매우 난처합니다만."

손님은 계속해서 대머리진 앞이마에서 흐르는 땀을 닦았다.

"노골적이라 말씀하시면 그럼 이번 파혼의 원인은 숙희

에게 있다는 말씀입니까?"

"말하자면 그렇습니다만. 신부로 말하자면 아직 전정(前程)[17]이 있는 몸이고……. 또 이런 소문이란 것이……."

"네. 알겠습니다. 그만두시지요."

백은 선생은 상대의 말을 누르듯 가로막아 버리더니 무서울 정도로 심각한 얼굴로 팔짱을 끼고 입을 다물었다.

뭐라고 형용할 수 없는 불길한 예감이 그의 손끝을 떨리게 했다. 자신에게는 오직 하나뿐인 자랑이요 보배인 숙희에게 이런 불명예스러운 말이 들려온다는 것이 어쩐지 자신의 살을 베는 것처럼 쓰리고 아팠다.

'자식을 보는 어버이의 눈은 장님이다'라는 말이 있다. 그 말은 사실이다. 세상의 부모들은 자식을 너무 사랑하기 때문에 그들의 잘못과 결점을 보는 데는 어두운 것이다. 백은 선생도 요컨대 이러한 한낱 인자한 부모에 지나지 않았던 것이다.

그러나 무남독녀로 자라나다가 일찍이 어머니를 여의고 홀아버지 손에 자란 숙희, 예의와 절조에 대해 극히 엄격한 가정 교육을 받아 온 숙희, 인물로나, 재능으로나, 품행으로나 남에게 뒤처져 본 일이 없는 숙희, 이런 숙희에게 퇴혼을 당할 만한 이유가 어디에 있을까? 아무리 부녀지간이라는 관계를 떼어 놓고 냉정하게 제삼자의 처지에서 본다 해도 숙희에게 신부로서 어떤 흠이 있을 것 같

17) 앞길 또는 앞으로 가야 할 길

지는 않았다. 그럼에도 불구하고 이것이 무슨 소리인가, 백은 선생의 머릿속에는 불안과 의구심이 안개처럼 피어올랐다.

이윽고 선생은 목소리를 가다듬고 말했다.

"나는 이런 이야기를 처음 듣는 만큼 여간 놀랍지 않습니다. 댁에서도 이런 문제를 나에게까지 가지고 오실 때는 물론 정확한 어떤 근거를 가지고 계실 터이니 조금도 주저하실 것 없이 죄다 말씀해 주시기 바랍니다."

"글쎄요. 그것은 아까도 말씀드린 바와 같이 피차에 창피한 일이고……. 또 신부로 말할 것 같으면 아직 나이가 어린 만큼 어쩌다 그런 실수를 했겠지만 그렇게 그것을 공개할 것까진……. 이번 일은 그저 양가에서만 알고 그대로 묵살해 버리는 것이 좋을 것 같습니다."

"아니올시다. 그 일을 공개해서 저에게 어떤 치명상이 온다 해도 그것은 자작자얼(自作自孼)[18]이니까요. 죄를 지은 자는 벌을 받는 것이 마땅한 일입니다. 나의 딸자식이 사실 퇴혼을 당할 만한 죄를 졌다면 나는 그것을 나의 혈육으로 생각하지 않고 징계를 내리려 합니다."

선생은 떨리는 목소리로 이렇게 말하면서도 어쩐지 실망과 분함을 못 이겨 그만 눈물이 나올 것 같았다.

"부모님의 처지로만 생각하면 그야 괘씸하고 분하기 짝이 없는 일이지만……. 그래도 그것을……."

18) 자신이 저지른 일로 말미암아 생긴 재앙

"그건 상관하실 일이 아닙니다. 하여간 퇴혼의 이유를 설명해 주십시오. 나는 그 이유를 듣기 전에는 절대로 퇴혼을 승낙할 수 없습니다."

손님은 백은 선생의 어조가 너무 세찬 것에 조금 놀란 듯 그 우묵한 두 눈으로 한참 동안이나 선생을 건너보더니 말했다.

"정 그렇게 말씀하신다면 구태여 말하지 않을 건 없습니다만……."

그는 자신의 궁색한 입장을 주체할 수 없는 듯 뒤통수를 쓰다듬었다.

"말씀해 주시지요."

다시 한번 이렇게 말하는 선생의 어조 속에는 단호하면서도 명령을 하는 듯한 무엇이 있었다.

"이런 일에 대한 소문이란 물론 신빙할 것이 못 되는 것이지만 하도 그런 소문이 여러 번 들려올 뿐 아니라 이제는 그 당사자까지 나서다시피 할 테니."

손님은 이렇게 말하며 선생의 기색을 잠깐 살펴보더니 말했다.

"저……, 지난여름에 신부를 혼자 삼방에 보내신 일이 있습니까?"

"있습니다. 몸이 약한 데다 속병도 있고 해서. 그런데 지금은 경과가 좋습니다."

"그런데 아마 이번 말썽은 그곳에서 생긴 것 같습니다.

그런 피서지의 기분이란 그렇지 않아도 철이 들지 않은 사람들을 까딱하면 타락시키기 쉬운 데다가 더구나 감독하는 사람도 없이 혼자 가 있게 되었으니 생각하면 신부의 죄로만 돌리기도 어렵지요."

"대체 그곳에서 무슨 짓을 했단 말씀입니까?"

"아마 그곳에 있는 동안 어떤 사람과 사귀게 되어서 서로 몸까지 허락하는……."

"몸까지 허락하는?"

이렇게 손님의 말을 되풀이하는 선생의 목소리는 자신이 생각해도 놀랄 정도로 컸다.

제가 죄를 지었다고 해 봐야 그까짓 어느 정도의 죄를 지었으랴! 그래도 설마, 하고 선생은 생각했지만 이 '설마'가 그렇게 정확하게 들어맞을 줄은 과연 꿈밖의 일이었다. 선생은 어쩐지 자기의 몸이 자랑의 절정에서 끝없이 실망의 동굴 속으로 빠져들어 가는 것 같았다. 그러나 손님은 이왕 말을 꺼낸 김에, 하는 듯 계속해서 말을 이었다.

"처음에는 저희들도 그런 소문을 듣고 어떤 못된 자의 중상모략으로만 여겼는데 하도 여러 번 그런 소문이 여기저기서 들려와서 조사를 해 봤더니 사실인 모양일 뿐 아니라 그 당사자까지 대강은 짐작하게 되었습니다. 그러니 선생도 아시다시피 피차 점잖은 집안 간에 그런 소문이 떠돌아다닌다는 것이 여간 창피한 노릇입니까. 더욱이 신랑 되는 애는 그런 소문을 들었던 날부터 그만 낙심해서…….”

그는 이렇게 말하며 선생을 건너보았다.

그러나 백은 선생은 손님의 이야기를 듣는지 마는지 방심한 듯한 눈으로 묵묵히 마당을 바라보고 있었다.

잠깐의 침묵이 가로막았다.

어느 틈에 댓돌 위를 올라간 저녁 햇살이 달음박질이나 하는 것처럼 벽 위로 기어 올라가고 있었다. 그것을 우두커니 바라보고 있으려니 극도의 흥분으로 인해서 잠시 방심 상태에 빠져 있던 선생의 머리는 문득 예전으로 돌아왔다.

“숙희와 그런 짓을 한 사람은 대체 누구입니까?”

선생은 동요하지 않은 말투로 물었다.

“저……. 그것만은…….”

“그것만큼은 말씀하기 어렵다는 말씀입니까?”

“어렵다기보다는 사실 누구인 것까지는…….”

“알겠습니다. 그만두시지요. 허물은 내 딸자식에게 있는 것이니.”

백은 선생은 다시 입을 다물었다.

“이런 일은 알고도 묵살할 수 없는 일이고 또 그렇다고 왁자지껄할 것도 못 되는 것이고, 해서 제가 이렇게 오기는 왔습니다만, 생각하면 이쪽에서도 기가 막힌 노릇이올시다.”

그는 변명처럼 이런 소리를 하면서 선생의 기색을 엿보

았다.

"하여간 저는 그만 돌아가겠습니다. 선생께서도 충분히 생각하신 뒤 양가에서 다 불만이 없도록 해결을 지어 주시기 바랍니다."

그는 이렇게 말하고 자리에서 일어났다. 선생은 손님에게 무슨 말을 더 물어볼 용기도 없어서 따라 일어섰다. 손님은 마루 끝에서 구두를 신으면서도 연신 혀를 차며 "요새 젊은 애들이란" 소리를 몇 번이나 거듭했다.

그는 선생과 작별을 하자마자 마치 도망을 치는 사람처럼 대문 밖으로 나갔다.

선생은 사랑마루 끝에 선 채 손님을 변변히 배웅도 못하고 우두커니 툇마루 기둥을 짚고 서 있었다. 지금 그의 머릿속에는 뭐라 형용할 수 없는 뒤섞인 상념이 복잡한 일처럼 얽혀 있었다. 그것이 선생으로 하여금 이 일을 어떻게 처리하면 좋을지 방황하게 했다.

대체 지금 다녀간 손님, 숙희의 약혼자인 이석진의 당숙이라는 그 사람의 이야기를 믿어야 할 것인가? 혹시 중간에서 뭔가 잘못된 것이 아닌가? 남을 중상하려는 그 어떤 계획에서 나온 행동이 아닌가?

그러나 그렇게 생각하기에는 너무도 주위의 모든 조건이 자연스러웠다. 첫째, 신랑 쪽에서도 이런 중대한 문제를 가지고 자신에게까지 찾아올 때는 물론 정확한 근거가 있을 것이고, 또한 지난여름 삼방에서 그런 관계가 있었다고 하면 자신이 전혀 눈치를 못 챈 것도 당연한 일이다. 저쪽만 하더라도 행세깨나 한다는 점잖은 집안에서 이런 말을 꺼내게 될 때까지는 십분 신중한 태도를 취했을 것이니, 생각하면 그것을 의심한다는 것이 오히려 이쪽 부모의 어리석음을 보여 주는 것이나 다름없을 것이다.

자신은 자신도 모르는 동안에 '자식을 보는 어버이의 눈은 장님이다'라는 말처럼 한낱 우매한 어버이가 되고 만 것이다. 그러나 그렇게 생각하고 탄식하기에는 선생의 엄격한 양심이 도저히 용서할 수 없었다.

숙희의 어머니가 죽은 것은 숙희가 일곱 살 적이었다. 어렸을 적부터 연약한 기질을 타고난 숙희가 어린 마음에도 어머니를 잃었다는 것이 서러운 일인 줄 알았던지 그 시신에 매달려서 몹시 울었다. 그 측은한 정경이 백은 선생의 가슴을 억색하게 했다. 그래서 그는 스스로 맹세했던 것이다.

"오냐. 나는 너를 위해 다른 아내를 구하지 않겠다. 오직 너 하나를 잘 키워서 이 세상에서 제일 훌륭한 처녀를 만드는 것을 내 필생의 사명으로 정하겠다."

그리고 실제로 선생은 그것을 실행해 온 사람이었다.

자나 깨나 그는 이 외롭고 연약하고 불쌍한 숙희를 위해 마음을 다하지 않은 적이 한 번도 없었다. 그의 고독한 환경이 더 한층 숙희에게 익애(溺愛)[19]하는 경향을 만들

19) 지나치게 사랑에 빠짐.

어 주었다. 그러나 선생은 단지 자식을 맹목적으로 사랑하는 우매한 부모는 아니었다.

사실 선생의 교육 방침은 너무 구식이고 지나치게 엄격했을지 모른다. 그러나 근대의 자유 교육이 젊은 남녀들을 경박하고 타락하도록 흐르게 하기 쉬운 것을 미루어 보아 결코 잘못된 방침은 아니었다. 선생의 엄숙한 도덕과 인생관은 무엇보다도 경박한 것을 싫어하고 타락됨을 무서워했던 것이다.

그래서 숙희의 나이가 열다섯을 넘어 열여섯, 열일곱, 열여덟, 이렇게 성장함에 따라 과연 선생의 감화가 현저하게 드러났다.

바야흐로 피어나려는 꽃봉오리와 같이 아름다운 그녀의 외모 속에는 또한 다정하고 조심스러우면서도 일종의 범할 수 없는 절조에 위엄이 갖춰져 있었다. 이러한 숙희를 바라볼 적마다 백은 선생은 마치 예술가가 고심하여 제작한 자신의 작품을 바라보듯 만족감과 자랑스러움을 느껴 왔다.

그러하던 터인데……. 그렇다. 그러하던 터인데 이게 다 무슨 청천벽력과 같은 소린가? 선생은 어쩐지 자신이 총애하던 것에게 하루아침에 배반이나 당한 것 같은 걷잡을 수 없는 분노를 느꼈다.

자신이 그렇게 가르치고 애썼음에도 불구하고 이 천사와 같은 가면을 가지고 있는 이브는 기어코 금단의 과실을 훔치게 되었던 것이다. 가증스럽다 못해 괘씸하다는 생각이 나서 유달리 선악에 대하여 민감한 선생의 마음을 격하게 만들었다. 그는 그만 참을 수 없는 듯 신발을 끌고 안으로 들어갔다.

안마당에 들어서 보니 저녁을 차리느라고 할멈은 부엌에서 불을 때고 있고, 숙희는 마루에서 상을 보고 있었다. 여름에 삼방을 다녀온 후로 요새 와서는 바람직할 정도로 건강해진 것 같은 아름다운 딸의 얼굴을 대하려니 선생은 어쩐지 도리어 반발이 일 것 같은 분함을 느꼈다.

"숙희야, 이리 좀 들어오너라."

선생은 댓돌 위에 신발을 거칠게 벗어 던지더니 이렇게 말하며 안방으로 들어갔다.

평상시에 보지 못하던 아버지의 이런 태도가 무심히 저녁을 차리고 있던 숙희를 잠깐 놀라게 했다. 그러나 그녀는 행주치마에 젖은 손을 닦으며 순순히 아버지의 뒤를 따라 안방으로 들어갔다.

선생은 아랫목 보료[20] 위에 도사리고 앉은 채 방문턱에 들어와 서는 숙희를 힐끗 쳐다보더니 다시 말없이 고개를 숙였다. 생각대로라면 밟아 죽여도 시원치 않을 이 불효막대한 자식을 어떻게 처리해야 할지 알 수 없었다.

"일단 거기 앉아라."

20) 솜이나 짐승의 털로 속을 넣고, 천으로 겉을 싸서 선을 둘러 곱게 꾸며, 앉는 자리에 늘 깔아 두는 두툼하게 만든 요

그러나 숙희는 아버지의 무서운 기세에 기가 눌린 것처럼 휘둥그런 두 눈으로 쳐다볼 뿐이었다. 무엇인지 용이치 않은 문제가 생겼구나, 하는 예감이 그녀의 가슴을 울렁거리게 했다.

백은 선생은 또 잠깐 동안 말없이 앉아 있다가 말했다.

"숙희야, 너는 뭔가 이 늙은 애비를 속이는 일이 없느냐?"

그가 물었다. 그 목소리는 오히려 꺼림직할 정도로 온화했다.

숙희는 어찌 된 영문인지 알 수 없었다. 아버지를 속인 일? 자기에게는 그런 비밀은 없었다. 하지만 자신도 모르는 동안에 무슨 잘못된 짓을 하지는 않았는지 의구심이 들어 선뜻 대답하지는 못했다.

"아무것도……. 저는 아무것도 아버지를 속인 일은 없어요."

"그럼 너는 어떠한 일이 있더라도 이 늙은 애비의 앞에서만은 거짓말을 안 하겠지?"

"네."

"음."

선생은 이렇게 다짐을 받고 엄숙한 얼굴로 물었다.

"네가 지난여름 삼방에 가 있을 때 어떤 사내와 관계한 일이 없단 말이냐? 대답해 보거라."

이것이야말로 숙희에게는 청천벽력 같은 소리다. 자신이 거의 한 달간이나 삼방에 가 있는 동안에 자신과 접촉

한 사람이라고는 그곳에서 우연히 만난 애라 한 사람뿐이었다. 그런데 이 무슨 기막힌 소린가? 숙희의 얼굴에는 놀라움과 함께 굴욕이 지나쳐 넘쳐 나오는 눈물이 두 눈을 캄캄하게 했다.

"너는 지금 어떤 죄를 졌더라도 이 아버지 앞에서만은 거짓말을 하지 않겠고 맹세했지? 자, 말해 보아라. 사실대로 말해 보아라. 나는 너의 입으로 분명한 대답을 듣기 전에는 견딜 수 없다."

이렇게 말하는 선생의 어조에도 그만 분함에 못 이겨 눈물이 어렸다.

"방금 사돈집에서 사람이 다녀갔다. 그 일로 인해서 퇴혼을 하겠다고 하고 갔다. 그러나 그까짓 퇴혼 여부는 문제가 아니다. 사실 네가 나의 가르침을 배반하고 그런 짓을 했는지 그것이 분명하게 알고 싶다. 자, 숨김없이 자백해라."

그러나 숙희는 대답 없이 두 눈에 눈물을 가득 담은 채 아버지를 내려다보고 있었다. 그러다 갑자기 얼굴에 결곡한[21] 빛을 띠며 말했다.

"네. 자백하지요. 저는 그런 짓을 한 적이 없습니다."

"그게 정말이냐?"

"정말입니다."

"설마 이 불쌍한 늙은 애비에게 거짓말을 하는 것은 아

21) 생김새나 마음씨가 깨끗하고 여무져서 빈틈이 없음.

니겠지."

역시 부모처럼 자식을 사랑하는 사람은 없다. 선생의 이런 목소리에는 무의식중에 요행을 바라는 애원이 있었다.

"아버지는 저를 그렇게도 못 믿으십니까? 저는 이때까지 한 번도 아버지를 속인 일이 없건만……."

선생을 바라보는 그녀의 눈에서는 눈물이 샘솟듯 나왔다. 그러더니 방바닥에 쓰러져 울어 버렸다.

선생은 묵묵히 이 광경을 바라보고 있으려니 어쩐지 가슴이 콱 막히는 것 같았다. 눈물을 담은 채 자신을 우두커니 바라보던 숙희의 그 결백한 눈찌[22]! 그 속에는 거짓말을 하는 사람에게서 발견할 수 없는 그 어떤 진정이 움직이고 있었다. 그것이 무언중 천 마디의 변명보다도 힘 있게 선생의 가슴을 쳤다.

"숙희야! 숙희야! 울지 마라. 나는 너를 믿겠다. 그래, 나는 너를 믿겠다."

숙희의 몸을 흔들며 이렇게 달래는 선생의 늙은 눈에서도 철없는 눈물이 줄줄 흘러내렸다.

22) 흘겨보거나 쏘아보는 눈길

우울한 사람

·

오후 한 시라고 할 것 같으면 신문사의 하루 중 제일 바쁜 시간이다.

○○신문사의 편집국은 지금 한창 북적거리고 있었다. 외근 나갔던 기자들도 대개는 돌아와서 마감 시간 안에 원고를 써내느라고 여념이 없다. 교정부(校正部)에서 고성대독하는 대장[23] 읽는 소리, 헌화[24], 잡담, 담배 연기, 그런 중에도 간간이 들려오는 히스테리한 여성의 비명 같은 전화 소리, 이런 것들이 한데 어울려서 그리 넓지도 않은 이 편집국 안을 수라장과 같이 만들었다.

23) 신문이나 전단 인쇄에서, 한 면을 조판한 뒤에 교정지와 대조하기 위하여 간단하게 찍어 내는 인쇄 용지를 가리킴.
24) 헌화와 잡담을 통칭한 '헌화잡담'을 의미함. 참고로 헌화잡담은 훤화잡담(喧譁雜談)의 잘못된 표기다. 훤화는 시끄럽게 지껄이며 떠드는 것, 잡담은 쓸데없이 이것저것 생각나는 대로 지껄이는 것을 뜻한다.

금년 봄에 입사한 후 아직 대여섯 달밖에 안 되는 사회부 기자 이석진(李石鎭)은 오늘만큼은 다른 외근 기자들보다 가장 뒤늦게 돌아와서 모자도 벗지 않은 채 그의 자리에 가서 털썩 앉았다.

"어이 미남자, 이제야 돌아오시나. 그런데 지금 막 전화가 왔는데."

옆에 앉아 있는 '토마토'란 별명을 가진 신 군이 그 익살스러운 얼굴을 들더니 이렇게 입을 열었다. 아마 어제저녁에도 또 술을 먹었는지 그의 매부리코가 농익은 연감같이 붉게 물들어 있었다.

"전화?"

"한데 그 전화란 놈이 보통 전화가 아니란 말일세. 아주 젊고, 어여쁜 여자의 목소린데……."

"대체 누구란 말인가."

"글쎄. 나도 그게 알고 싶어서 '지금 이 군은 외근 중인데 누구십니까?'라고 슬쩍 물어보았더니 두말없이 '그럼 조금 후에 또 걸지요' 하더니 탁 끊어 버리더군. 그 목소리가 좀 매몰차긴 하더만……. 그래도 괜찮던데. 자네도 겉보기엔 얌전해도 실상 알고 보면 그 방면에는 여간내기가 아닌 모양일세. 선불리 여자들 앞에 자네하고 갔다간 우리 같은 놈은 오쟁이지기[25] 딱 좋겠는걸. 허허허."

석진은 어쩐지 자신이 놀림감이나 된 것 같은 생각이 불

25) 바람이 나다.

쑥 들어 입을 다물고 이 실없는 친구의 얼굴을 마주 보았다. 그러나 신 군은 조금도 부끄러워하는 기색이 없었다.

"한턱내게. 그런 어여쁜 여자에게서 전화를 받고도 가만히 있다는 것은 단연코 용서할 수 없네."

"옳소."

신 군이 이렇게 말하자 맞은편에서 원고를 쓰고 있던 운동부 홍 군도 참견했다.

"우선 한턱하는 셈 치고 담배 있거든 하나 주게."

석진은 입가에 쓴웃음을 띠고 묵묵히 주머니에서 담뱃갑을 꺼내 홍 군에게 던졌다.

"오, 이건 웨스트민스터가 아닌가? 요즘같이 불경기에 웨스트민스터를 피웠다가는 혓바닥이 놀라지 않을까?"

그는 우선 한 개비를 물더니 벌떡 일어나 말했다.

"자, 사회부 기자 제군! 이번에 이석진 군이 미인에게서 전화가 온 것을 자축하기 위해 약소하나마 웨스트민스터 한 개비씩을 나눠 주기로 했습니다."

이렇게 말하고는 염치 좋게 담배를 나눠 주기 시작했다.

"홍 군! 이 군에게 그런 경사가 있다면 본인도 한몫 낍시다그려."

공짜에는 빠져 본 일이 없다는 경제부의 백 군이 그 난쟁이 같은 작은 체구를 끌고 사회부 책상 앞으로 왔다.

그러나 벌써 이곳저곳에서 나도! 하고 손이 나오는 바람에 담뱃갑은 빈껍데기만 남았다. 홍 군은 그것을 거들

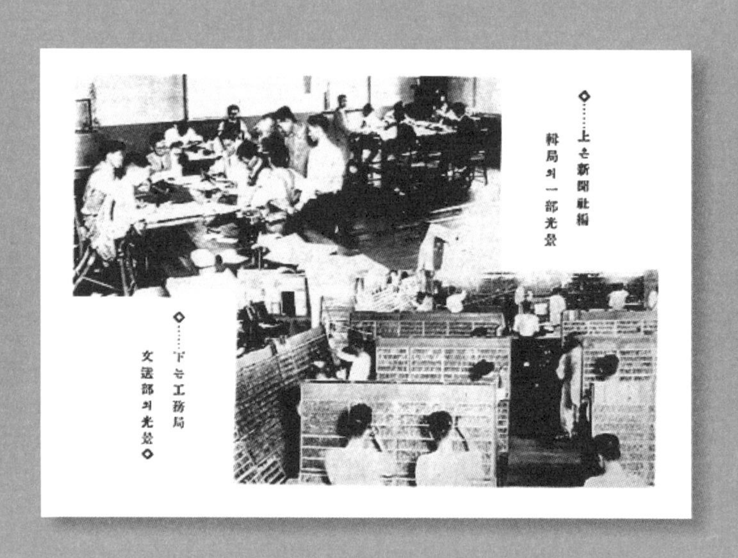

• 1930년대 신문사 내부 모습(『철필』 2호, 1930년 8월)

먹거리며 백 군에게 주었다.

"담배는 선착순 일곱 명에 한해서만 분배하는 것일세. 자네는 기념 삼아 이 담뱃갑이나 넣어 두게."

홍 군이 이렇게 말하자 그 말이 우습다는 듯 모두가 킬킬거리며 웃었다.

"에이."

그래도 행여나 담배가 들어 있지 않을까, 해서 빈 담뱃갑을 받은 백 군은 그것을 구겨 도로 홍 군에게 던지며 투덜거렸다.

"인심이 그렇게 사납단 말인가. 어디 사회부 녀석들 두고 보자."

이렇게 말하더니 콩콩거리며 자리에 가서 앉았다.

백 군은 경제부에 있는 관계상 외근지가 은행, 회사, 취인소[26] 같은 곳이 많았다. 그런 곳의 중역실에는 대개 값진 외국 담배가 귀빈을 위해 준비되어 있었다. 염치 좋은 신문 기자들은 그것이 자신들을 위해 내놓은 것처럼 함부로 피웠다. 그래서 백 군도 어떤 때는 그의 당고추[27] 같은 체격에 어울리지 않는 하바나의 여송연을 피워 문 채 득의양양하게 편집실 안을 들어선 적이 있었다. 또 어느 때는 그런 값진 담배를 한 움큼씩 넣어 왔다가 생색을 내며 나눠 주기도 했다. 지금 백 군이 홍 군에게 어디 두고 보자

26) 거래소
27) '당조고추'를 뜻하며, 여기서는 작은 체구를 의미하는 듯하다.

고 벼른 것도 아마 이런 데서 나온 말인 듯싶었다.

"여보게, 백 군. 화났나? 그까짓 담배 한 개비로 우리들의 친애하는 경제부와 사이에 균열이 생긴다면 유감천만이니까 어떤가? 아쉬운 대로 이거라도 피워 보겠나?"

다 피우고 자투리가 된 담배를 보이며 토마토 신 군이 가장 하워나 붙이는 것처럼 말했다. 그러나 그것이 도리어 백 군을 충동이질하는 것 같아서 또 모두가 웃었다.

뭐든 말썽거리를 만들어서 그것을 찧고 까불기를 좋아하는, 실상은 그것으로 밥을 먹고 있는 친구들이지만 그들의 이런 장난이 잠깐 동안 편집실 안을 더 한층 어수선하게 만들었다.

석진도 이 악의 없는 장난에 함께 웃었다. 그러나 어쩐지 그 웃음은 정말 우스워서 나오는 것이 아닌, 공허한 느낌을 가져다주었다. 편집실 안의 북적거리는 분위기라든지 또는 그들의 웃고 떠드는 것이라든지 그런 것들이 죄다 석진에게는 아무런 상관도 없고, 흥미도 없는 대상처럼 보였기 때문이다. 사실 지금 그의 마음은 이런 것들에게 관심을 갖기에는 너무 혼란하고 피로해 있었다.

전화? 더욱이 젊고 아름다운 목소리를 가진 여자로부터 선화가 왔었다. 누구일까? 무엇 때문에? 그러나 역시 이런 것도 생각하기 고통스럽다는 듯 그는 책상 위에 놓여 있는 다른 신문사의 엊저녁 석간을 묵묵히 들여다보고 있었다.

"석진 씨, 오늘은 무슨 기삿거리가 없습니까?"

지금까지 여러 사람과 따로 떨어져 원고를 읽고 있던 사회부장이 문득 석진을 건너보았다.

"네. 오늘은 딱히……."

"그럼 이걸 좀 고쳐 써 주십시오. 오늘 자살 사건이 한 오륙 건 있는 모양인데, 그것을 모아서 '고해(苦海)를 등지고'란 제목 속에다 몰아넣을 겁니다. 아무쪼록 간단하게 두어 줄로. 자살도 이렇게 유행한다면 한 개의 훌륭한 사회문제니까."

그는 한 축의 원고를 석진 앞에 던졌다.

그 통신은 서울에서 과히 멀지 않은 어떤 조그만 지국에서 보낸 기사였다. 정성스럽게 '칠십 노인의 자살'이란 제목까지 붙여서 원고지로 거의 십여 장이나 장황하게 사건을 기록한 것이었다. 그 내용은 '○○군 ○○면 ○○리 ○○번지에 사는 ○○○란 올해 칠십일 세의 노인이 세상을 비관하고 지난 구 일 밤 자신의 방 대들보에다 목을 매고 자살하였고, 이튿날 아침에야 집안사람들에게 발견되어 일대 소동이 일어났다. 자살 원인은 아마도 생활난은 아닌 것 같은데, 그렇다면 그 배후에는 무슨 비밀이 있을 것 같아서 그 지역 관할 경찰서에서는 엄중 조사 중이다'라는 것이었다. 그것을 무슨 일대 사건이나 보도하듯 과장된 형용사와 서툰 자신의 의견까지 첨부하여 길게 늘어놓아 썼다.

석진은 그것을 다른 원고지에다 고쳐 베끼고 있으려니 무슨 까닭인지 노인의 죽음이란 말이 머릿속에 들러붙어서 떨어지지 않는 것 같았다. 언제인가. 그건 벌써 십여 년 전 그가 아직도 어렸을 적에 그의 이웃집에서 목매 죽은 여자의 시체를 장난삼아 구경한 적이 있었다. 그때 으슥한 광경이 그대로 떠올랐다. 머리를 풀어 헤치고 사지를 축 늘어뜨리고, 그리고 코에서는 검붉은 피를 흘리고서 대롱대롱 매달려 있던 그 끔찍한 모습이…….

"생활난이 아니라고 할 것 같으면 무엇 때문에 자살했을까?"

그는 여전히 원고지 위에 만년필을 움직이며 이렇게 혼자 중얼거렸다. 그러다 그는 문득 메치니코프의 『인생론』 속에 있는 한 구절이 연상되었다. 『인생론』에는 이런 말이 있었다.

삶에 대한 본능은 늙어서 육체가 쇠약해갈수록 도리어 왕성해지는 것이다. 젊은 사람들은 혈기가 넘쳐 조그만 염세나 비관에도 자살을 족히 하지만 노인은 그렇지 않다. 만약 늙은이가 자살한다면 그 십중팔구는 대개 생활난 때문이다. 그 외의 원인은 극히 희귀한 일이다, 라는 의미의 말이 적혀 있던 것을 생각했다.

'그렇다면 무엇이 이 노인을 자살하게 만들었나? 그 배후에는 반드시 비참한 원인이 숨어 있지 않을까?'

이렇게 생각하고 보니 석진이는 어쩐지 가슴이 눌린 것

처럼 답답해졌다. 이 통신을 보낸 지국 기자와 같이 그도 이 기사가 중대한 것 같은 생각이 들었다. 무솔리니가 해수욕장으로 피서를 갔다는 것을 삼단으로 취급하는 데 비교하면 도리어 이런 아무렇지도 않은 작은 사건 속에 현대 사회상의 움직임이 드러나 있는 것이 아닌가 싶었다.

두어 줄로 간단하게 줄여서 써 달라고 했지만 석진이 무의식중에 다 써 놓고 보니 아홉 줄이나 되었다. 그래서 생략할 곳이 없나 하고 다시 읽어 보았지만 지울 곳은 하나도 없었다.

"저, 아무리 해도 두어 줄로는 안 되겠는데요."

석진은 원고를 사회부장에게 건네주며 이렇게 말했다.

"하지만 '고해를 등지고'란 큰 제목 속에 몰아넣을 것이니 너무 길어서야……. 어디 이리 보여 주십시오."

이렇게 말하며 사회부장은 원고를 죽죽 읽어 내려갔다.

"그래, 이걸 더 줄이시지 못하시겠어요?"

사회부장은 웃으면서 달래듯 석진의 얼굴을 쳐다보았다.

"네. 아무리 해도."

그러나 사회부장은 대답 없이 석진이 쓴 원고의 글자를 마치 무슨 기계 장치처럼 재빠르게 붉은 잉크로 지워 내려갔다.

"자, 보세요. 이렇게 줄여지지 않습니까!"

그는 원고를 석진에게 보여 주었다.

석진은 어쩐지 정신이 멍해져서 우두커니 원고를 내려

다보았다. 그 기사는 무참하게 다음과 같이 수정되어 있었다.

'○○군 ○○면 ○○리 ○○번지 ○○○(71)는 지난 9일 자신의 집에서 의사(縊死)[28)]하였다.'

석진은 까닭 모를 굴욕을 느끼면서도 웬일인지 불쾌하다는 생각이 들지 않았다. 그가 멀거니 원고를 내려다보고 있으려니 글자들이 한 글자 한 글자 커졌다가 작아졌다가, 혹은 가로로 보였다가 거꾸로 보였다가 하며 그의 눈앞에서 뛰어놀았다. 그는 가벼운 현기증을 느끼고 그만 눈을 감았다.

그러나 나이가 아직 삼십여 세밖에 안 됐지만 벌써 대머리가 된, 무서울 정도로 사무적인 이 사회부장은 석진의 그런 태도에는 무관심한 듯 원고를 추려서 제목을 붙인 뒤 급사에게 보냈다. 그리고 양복 조끼 주머니에서 시계를 꺼내 보았다.

"마감!"

그는 이렇게 소리를 지르고 자리에서 일어났다. 그 소리를 받아서 저쪽 책상 끝에 앉아 있던 급사 아이가 공장 쪽을 향해 외쳤다.

"사회면 마감!"

이 소리가 들리면 사회부에서는 갑자기 해방된 것 같은 환성이 일어난다. 점심을 시켜 먹는 사람, 담배를 피우는

28) '액사'의 원말로서 목을 매어 죽었다는 뜻이다.

사람, 노래를 부르는 사람, 혹은 염치 좋게 책상 위에 두 발을 올려 놓는 사람……. 이런 와중에 그들은 제각기 뽐내며 잡담을 내놓기 시작한다. 그들의 이야기는 대개 먹는 이야기로 시작하여 다음에는 여자의 이야기로, 그리고 나중에는 돈 이야기로 들어가는 것이 순서였다. 매일같이 이런 순서는 변함이 없었다.

여자의 이야기라고 하면 대모테[29] 안경을 쓰고 뚱뚱한 운동부의 홍 군이 독차지했다.

"세상 사람들은 여자를 처음 사귀는 것이 어려운 것처럼 생각하지만 실상은 그런 것이 아닐세. 여자란 그저 조금의 자존심을 추켜세워 주기만 하면 문제없이 따라오지만 정말 어려운 것은 헤어질 때일세. 만약 헤어질 때 솜씨 있게 돌려세울 수만 있다면 그건 벌써 하나의 오입쟁이라고 볼 수 있네."

또 돈 이야기는 대개 사법 관청에서 외근하고 있는 박 군이 맡았다. 그는 싹싹하게 수첩에다 무슨 '절수이윤법(切手利潤法)'이니 무슨 '문화주택오개년계획(文化住宅五個年計劃)'이니 하는 이상야릇한 공식을 만들어 와서는 가장 큰 발견이나 한 듯 떠들었다. 가령 한 가지 예로 소위 '절수이윤법'이란 것을 설명하면, 현재 체신성[30]에서 발행하고 있는 절수(切手)[31]는 우편소나 혹은 절수매

29) 대모갑으로 만든 안경테
30) 당시 일본에서 우정 사업을 담당하던 관청

팔소(切手賣捌所)에다 정가의 백 분의 삼을 할인해서 넘겨 주고 있다. 그러니까 만약 자신이 절수매팔소를 운영하면서 그 절수를 매일 천 원어치만 해결할 수 있다면 삼십 원이라는 이익을 얻을 수 있다. 그런데 이 절수를 해결하는 것이 파는 것이 아니라 '절수저금(切手貯金)'으로 해서 일단 우편국에 저금을 했다가 곧 찾으면 그 중간에 삼십 원이란 이윤은 저절로 떨어진다는 것이다. 하루에 삼십 원이면 한 달에 구백 원, 일 년이면 만 팔백 원, 십 년이면 십만 팔천 원……. 그만하면 작은 부자 노릇은 할 수 있다고 그는 설명했다.

종잡을 수 없는 이런 이야기들을 듣는 줄도 모르게 우두커니 듣고 있으려니 석진은 갑자기 그들에게 참을 수 없는 혐오를 느꼈다. 몇 푼 안 되는 조그만 월급에 외나무다리를 건너가는 것 같은 생활의 안정을 얻은 그들은 벌써 무슨 부르주아나 된 것처럼 이따위 객담을 하면서 자신들 속에 숨어 있는 불안을 스스로 엄폐하고 있는 것이다. 그 얼마나 비굴하고 불쾌한 희극인가? 자신도 그들에게 섞여 어제까지 함께 떠들고 웃었던 생각을 하니 진저리가 처졌다.

그는 그만 두 손으로 머리를 싸며 책상에 엎드렸다.

그러나 갑자기 그의 머리맡에 있는 전화의 벨 소리가 날카롭게 울렸다. 그는 무의식중에 반사적으로 일어나서 수

31) 우표를 뜻하는 일본어

화기를 집어 귀에 댔다.

"저……. 그곳은 ○○신문사 편집국입니까?"

수화기를 통해 그의 고막을 울리는 가느다란 소리는 분명 젊은 여자의 목소리였다.

"네. 그렇습니다."

"미안하지만 저……. 사회부에 계신 이석진 씨 좀 바꿔주세요."

내가 이석진입니다, 라는 말이 무슨 까닭인지 선뜻 나오지 않았다. 누구일까? 무엇 때문일까? 하는 의심이 잠깐 그를 당황하게 만들었다.

"네. 제가 바로 이석진입니다."

"이석진 씨세요?"

이번에는 저편에서 놀란 듯 이렇게 말하며 잠깐 동안 벙벙히 있는 듯하더니 더듬거리는 목소리로 말했다.

"저, 저는 숙희예요."

숙희! 하는 소리가 석진의 귀를 쨍하게 울리는 것 같았다. 숙희라면 자신과 약혼 중인 장래의 아내다. 그러나 그들의 사이는 이렇게 서로 전화질을 할 만큼 개방된 사이는 아니었다. 그럼에도 불구하고 이것이 웬일인가? 아마 예의 삼방 사건 때문에 만나려는 것이로구나, 하고 생각하니 그는 어떻게 이 전화를 받아야 할지 알 수 없었다.

"저 오늘 좀 만나 뵀으면 좋겠는데……. 지금 바쁘지 않으세요?"

잠시 후 숙희가 말했다.

"별로 바쁜 것은 없는데……."

"그럼 지금 좀 나오실 수 있으세요?"

"글쎄요."

"좀 조용히 만나 뵀으면 좋겠는데……. 저는 지금 ○○ 백화점 앞에 있으니 꼭 좀 나와 주세요."

이렇게 말하는 숙희의 목소리는 몹시 간절한 것 같았다.

"그럼 나가겠습니다."

석진은 전화를 끊었다.

전화를 끊고 나서 생각하니 숙희와 만나는 약속을 한 것이 쓸데없는 짓 같았다. 숙희가 어떤 이야기를 할지 그것은 알 수 없는 일이지만 지금 와서 새삼스럽게 전에 없던 밀회를 한다는 것이 우습게 여겨졌다. 그래서 그는 무엇 때문에 그런 약속을 했나, 하고 한참 동안이나 전화통을 붙든 채 멀거니 앉아 있었다.

"이보게, 이 군. 전화만 받아도 정신이 아득한 모양일세그려. 이거 어디 샘이 나서 견딜 수 있나."

옆에서 점심을 먹고 있던 토마토 신 군이 갑자기 이렇게 말하며 멍하게 앉아 있는 석진의 등을 탁 쳤다.

어느 사이엔가 떠들고 있던 그들의 시선은 모두 석진에게 향하고 있었다.

"그런 애인을 만들어 두고 혼자 몰래 연락한다는 것은 괘씸한 일인데. 자, 우리를 데리고 가서 소개시켜 주게. 그렇지 않은가? 사회부 제군!"

홍 군이 그 뚱뚱한 몸을 끌고 일어나서 연설이나 하듯 말하자 이곳저곳에서 "옳소! 옳소!" 하며 흑작질[32]과 같은 찬성이 들려왔다.

석진이 묵묵히 이 광경을 목도하고 있으려니 돌연히 그의 머릿속에서 피가 순식간에 치밀어 오르는 것 같은 격앙된 감정을 느꼈다.

'너희들은 지금 나를 우롱하고 있는 것이냐?'

이렇게 생각하니 손끝이 떨렸다. 자신의 앞에 나열되어 있는 그 얼굴들에다 하나하나 침을 뱉어 주고 뺨을 후려갈기고 싶다는 무서운 충동이 날뛰었다. 그러나 석진은 묵묵히 모자를 집어 쓰고 자리에서 일어났다. 편집국을 나올 때 "하하하하!" 하고 그들의 웃는 소리가 마치 쫓아오는 것처럼 그의 귀에 들려왔다. 하지만 그는 입을 악물고 진저리를 치며 마치 도망이나 가는 사람처럼 신문사를 뛰어나왔다.

밖에는 아직도 더위가 남아 있는 가을날 오후의 햇볕이 따갑게 내리쬐고 있었다. 그는 종로를 향해 미친 사람처럼 무작정 걸어갔다.

"참으로 불쾌한 인간들이군. 그들은 그런 잡담이 아니면 자신들의 무위(無爲)[33]를 스스로 위로할 줄도 모르는

32) 교활한 수단을 써서 남의 일을 방해하는 것
33) 하는 일이 없음.

제일 저열한 존재들이다. 그래도 그들은 이 사회에서 하나같이 신사라고 꺼떡대고 있지 않은가? 생각하면 이 세상이란 더러운 것이다."

이렇게 중얼거리려니 석진은 또다시 참을 수 없는 험악함 때문에 진저리를 쳤다. 자기 자신도 신문사에 입사한 후 과거 몇 달 동안 그들과 함께 어울리며 무위하고, 하잘것없이 지낸 것을 생각하니 분한 생각이 들었다. 그는 그만 더 생각하기도 더럽다는 듯 고개를 내저었다. 그러고는 마치 열받은 사람처럼 정신없이 걸어갔다.

그러다 문득 걸음을 멈추고 사방을 돌아보니 그의 몸은 어느새 종로 네거리에 나와 있었다.

오후의 러시아워로 인해 전차, 자동차, 자전거, 인력거 등이 베틀처럼 엇갈리고 있는 복잡한 광경을 잠시 동안 초연하게 바라보자니 아까 숙희가 전화로 "○○백화점 앞에서 기다리고 있습니다"라고 하던 곳 옆에 서 있었다.

그는 잠시 놀랐다. 자신은 별로 숙희를 꼭 만나리라고 작정했던 것은 아니었지만 무의식중에 이곳까지 오게 된 것이다. 그는 어떻게 하면 좋을지 망설이는 듯 잠시 주저했다.

"석진 씨."

이때 갑자기 등 뒤에서 자신을 부르는 소리에 그는 가슴속에 서늘한 무엇을 느끼면서 돌아다보니 과연 그곳에는 숙희가 서 있었다.

• 미츠코시백화점(좌)과 조선저축은행(우)

• 경성 거리

옥양목 적삼[34]에 남색 폴라치마[35], 그리고 오른손에 무심히 들고 서 있는 세피아 빛 양산이 그녀의 깨끗하고 아담한 체격에 조화롭게 어울려 언제나처럼 아담한 인상을 주었다. 그러나 얼굴빛만은 무슨 까닭인지 몹시 창백한 것 같아 가뜩이나 살결이 흰 그녀의 두 빰이 납인형의 그것과 같이 투명하게 보였다.

석진은 숙희의 뜻밖의 출현에 (사실 의외도 아니지만) 잠깐 당황한 듯 모자를 벗었다.

"오래 기다리셨지요."

이렇게 말하며 자기 딴에는 우연히 만난 것이 아니라는 듯 웃었다.

"별로……."

숙희는 이렇게 대답하며 사나이의 웃음에 끌린 듯 잠깐 입술 위에 조심스러운 미소를 띠었으나 어쩐지 그것은 웃음이라기보다 얼굴을 찡그린 것처럼 보였다.

석진은 묵묵히 숙희를 바라보며 그녀가 며칠 전까지는 자신의 마음속에 깃들어 있는 오직 하나뿐인 다정한 존재로서 저녁마다 무지개 같은 꿈을 보내 주던 대상인가 하고 생각하니 꼭 거짓말 같았다. 엄격한 가정과 또 그들이 가지고 있는 도덕률은 감정이 유혹하는 대로 자유스러운

34) 옥양목은 희고 얇은 무명이며, 적삼은 윗도리에 입는 홑옷이다.
35) '포라', 즉 포럴(poral) 섬유를 소재로 만든 여름용 치마를 가리킨다. 옥양목 적삼(저고리) 아래에 입는 것으로 보아 형태는 통치마(큰 주름 치마) 혹은 풀치마(작은 주름 치마)였을 가능성이 있고, 길이는 종아리 중간 정도였을 것으로 추정된다.

교제를 하는 것을 무서운 것으로 해석하고 있었다. 그래서 그들은 지난봄에 약혼을 한 이후 부모들이 허락하는 한도에서 근신한 교제를 해 왔었다. 그들은 이것을 부족하게 여기지 않았다.

그러나 이 '부족하게 여기지 않았다'란 말은 결코 그들의 사랑이 부족했다는 말은 아니었다. 사실 그들은 세상의 어떠한 사랑하는 남녀들의 사이 못지않게 서로 그리워하고 있었다. 하루에도 몇 번씩 문득 상대의 생각이 떠오를 때마다 가슴속으로 따듯하고 감미로운 기대를 느꼈다. 더욱이 지난여름에 숙희가 병으로 삼방에 요양을 내려갔을 동안 며칠씩 일이 손에 잡히지 않을 정도로 걱정을 하던 그였다.

그러던 차에 그 무슨 운명의 장난인지, 숙희가 서울 온 지 며칠도 되지 않아 돌연 그에게 청천벽력 같은 소문이 들려왔다. 석진은 아직도 그 악마와 같은 편지를 받아 보던 때를 잊지 않고 있다.

처음 그는 너무도 의외의 일에 놀랐다. 그러나 곧 웃지 않을 수 없었다. '이것은 분명히 중상이다. 믿을 것이 못 된다'라고 했지만 이런 편지가 한 번, 두 번 빈도가 잦아짐에 따라 거기에는 부정할 수 없는 확실한 증거가 드러났다. 이것을 믿어야 할까? 숙희를 믿어야 할까? 그 사이에 끼어 그는 며칠씩이나 번민하며 헤맸던가.

"저, 어디든 좀 조용한 곳으로 갔으면 좋겠어요."

이때 숙희의 목소리가 그의 회상을 깨트렸다. 숙희를 보니 이런 번잡한 네거리에 서 있는 것을 몹시 꺼리는 것처럼 초조하게 서 있었다.

그는 묵묵히 숙희에게 따라오라는 표정을 보이며 앞서 걸어갔다. 남대문통[36]으로 향한 큰길을 건너 오른쪽으로 조금 내려가면 막다른 골목 안에 '리라'라는 작은 다방이 있다. 그들은 그곳의 문을 열고 들어갔다. 아직 낮이라 그런지, 모든 것을 단조로운 푸른빛으로 장식한 이 보헤미안풍의 찻집에는 손님의 그림자조차 없었다. 단지 한 명의 보이가 카운터에 기대 졸고 있다가 그들의 발소리를 듣고 뛰어 일어나 자리를 안내해 주었다.

대리석으로 덮은 조그만 테이블에 사이를 두고 그는 숙희와 마주 앉은 후 우선 두 잔의 홍차를 주문했다. 그리고 주머니에서 담배를 꺼내 여유 있게 물었다.

대체 어디서부터 이야기를 꺼내야 좋을지 그들은 서로 망설이는 듯 괴로운 침묵을 고집하고 있었다. 보이가 주문한 차를 그들 앞에 갖다 놓은 뒤 자기 딴에는 생색을 내며 저편에서 축음기를 틀어 놓았다. 그것은 무슨 곡인지 알 수 없는 재즈였다. 그러나 그 계조(階調)[37] 모를 처연한 음향이 도리어 그들의 신경을 한껏 초조하게 만들어

36) 南大門通. 국보 제1호 남대문(숭례문)이 길 가운데에 있는 오늘날 남대문로의 옛 행정 구역명

37) 밝은 부분부터 어두운 부분까지 변화해 가는 농도의 단계

주는 것 같았다.

"어째 얼굴이 퍽 안 좋으신 것 같은데, 또 어디 편찮으신 곳이 있습니까?"

찔끔찔끔 홍차로 입술을 적시고 있던 석진이 추스르듯 먼저 입을 열었다. 그 소리에 이때까지 자신의 무릎만 내려다보고 앉아 있던 숙희도 고개를 들었다.

"뭐, 대단치는 않아요."

"삼방 다녀오신 뒤에는 경과가 좋다는 소식을 듣고 있었는데, 그런데 얼굴은 전보다 더 안되신 것 같으니 무슨 일입니까."

"그렇게 안돼 보여요?"

숙희는 자기 자신도 몰랐던 것처럼 가냘픈 손으로 창백한 두 볼을 쓰다듬어 보았다.

"그곳에서 돌아온 후에는 정말 경과가 좋은 것 같더니 또 오늘 아침에 갑자기 각혈이 나와서요. 그래서 지금 병원에 다녀오는 길이에요."

"그럼 아직도 폐첨이 있는 모양이군요."

"네. 아마 그런 모양이에요."

숙희는 쓸쓸한 듯 이렇게 대답하고는 두 눈을 다시 내리깔았다.

아무렇게나 틀어 올린 것 같은 푸석한 머리 너머로 마치 유리를 대고 보는 것같이 파란 정맥이 들여다보이는 숙희의 목덜미를 바라보고 있으려니 그의 마음속에는 돌연

'가엽다'라는 생각이 들었다.

무엇 때문에 가엽다는 말인지, 그것은 형용할 수 없는 일종의 막연한 동정이다. 그러나 이 동정은 그전에 그가 숙희에게 느꼈던 그런 따뜻한 동정은 아니었다. 자신에게는 아무런 상관도 없는, 예를 들어 노방(路傍)[38]의 걸인에게 던져 주는 것 같은 연민, 그것에 지나지 않았다.

사실 이렇게 숙희와 마주 앉아 있으면, 그녀의 언어와 행동에서 무언중에 발산하는 기개 높은 성품이라든지 또는 섬약한 체질이라든지 하는 것이 도저히 그런 짓을 할 만한 여성처럼 보이지 않았다. 그런데도 불구하고 이 여자는 자신을 배반하고, 자신을 속이고, 다른 사나이에게 정조를 바쳐 버린 것이다. 그리고 이제 와서 무슨 구차스러운 변명을 하려고 이렇게 연극을 하는지……. 생각하면 괘씸하다고나 할까, 더럽다고나 할까…….

석진의 머릿속에는 갑자기 아까 신문사에서 느끼던 그런 걷잡을 수 없는 격앙된 감정이 느껴지면서 무엇 때문에 이곳까지 어슬렁어슬렁 따라왔던가, 하고 자기 자신을 경멸하고 싶었다.

그래서 그는 그런 울분에 대하여 분풀이나 하는 듯 반도 못 피운 담배를 재떨이 속에다 비벼 던지고는 단숨에 홍차를 들이마셔 버렸다.

그러나 숙희는 석진의 이런 기분을 아는지 모르는지 단

38) 길 양쪽 가장자리

지 고개를 숙인 채 말이 없다. 언뜻 보면 축음기 소리를 듣고 있는 것 같았다. 그러나 그녀의 마음이 그렇게 음악이나 듣고 있을 만큼 평정하지 못하다는 것은 양산 꼭지를 만지작거리고 있는 손끝이 신경질적으로 떨리는 것을 보아도 알 수 있다. 그러다가 숙희는 갑자기 고개를 들었다. 그녀의 눈은 몹시 흥분한 것처럼 홍조가 돌고 있었다.

"저는 어제저녁 때 아버지에게서 모든 이야기를 들었어요. 그런데 대체 그런 소문이 어디서 나왔는지 너무 꿈밖의 일 같아요. 그래서 석진 씨를 만나 어떻게 된 이유인지 알아보려고 오늘 전화를 걸었던 거예요."

이렇게 말하는 숙희의 목소리 속에는 전에 보지 못하던 결곡한 무엇이 숨어 있는 것 같았다. 그러나 석진은 무감각한 것처럼 묵묵히 천장만 바라보고 있었다.

"그런 이야기를 석진 씨는 누구한테 들으셨나요?"

"나는 모르지요."

그것은 사실이었다. 그러나 그 말투는 자신이 생각해도 너무 냉정한 것 같았다.

"석진 씨도 모른다구요? 그럼 석진 씨는 그런 말을 믿고 싶으세요?"

"믿고 안 믿고는 둘째치고 그런 풍문이 있었다는 것만은 사실이니까, 그러나 저는 그까짓 것을 다시 끄집어내서 중언부언하기는 싫습니다."

이렇게 대답하는 그의 말소리는 냉정했다.

• 남대문역(지금의 서울역) 근방에 위치했던 다방(『조선철도여행안내』(1915))

석진 씨를 만나서 자세한 사정 이야기를 하면 자신을 믿고 사랑하는 그인 만큼 자신이 애매한 누명을 쓰고 있다는 것을 깨달아 주겠지, 하고 이렇게 일부러 전에 없던 전화까지 해서 그를 불러낸 것이지만 사실 마주하고 보니 그것은 너무도 어수룩한 기대였다. 사나이의 태도는 철두철미한 숙희의 이런 행동을 더 한층 불쾌한 것으로 해석하고 있는 듯했다. 그런 생각을 하니 숙희는 분하고 억울함에 지나쳐 금방 눈물이 쏟아질 것 같았다.

그러나 숙희는 입술을 깨물고 참았다.

"석진 씨! 석진 씨는 그런 알지 못하는 사람의 풍문은 믿으면서 이 숙희의 말은 못 믿으시나요?"

마지막으로 용기를 다해 이렇게 말하는 그녀의 목소리는 떨렸다.

"네. 나는 아무것도 믿지 못하겠습니다."

석진의 대답은 간단했다. 그리고 견딜 수 없는 듯 두 손으로 머리를 짚고 테이블에 엎드리더니 부르짖었다.

"나는 아무것도 믿지 못하겠습니다. 그래서 나는 아무것도 믿지 않으려 합니다."

그의 목소리는 절망적이었다. 그러나 사실 더 절망을 느낀 것은 숙희였다. 이렇게 된 다음에야 변명이고 뭐고 여지가 없는 것이다. 행여나, 하고 믿었던 오직 한 줄기의 희망도 끊어져 버리고 이제는 다만 캄캄한 절망만이 그녀의 앞에 가로막혀 있는 것이다. 그리고 누구인지 무엇인지 알 수 없는, 그들의 사이를 훼방질하는 악마만이 혼자 등 뒤에서 냉소하고 있는 것 같았다.

사람이란 극도의 절망을 느낄 때 도리어 정신이 평온해지는 법이다. 그것은 무서운 회오리바람도 그 중축(中軸)에는 조그만 무풍지대(無風地帶)[39]를 가지고 있는 것과 마찬가지로 지금 숙희는 바로 이 무풍지대에 있는 셈이다.

그녀는 잠시 말없이 테이블 위에 엎드려 있는 석진을 바라보았다. 비굴하다는 생각을 참아 가면서 온당치 못한 행동이라는 가책을 받아 가면서 오늘 석진을 이렇게 불러낸 것은 무엇 때문인가? 물론 자신의 결백함을 증명하기 위해 그런 것일 것이다. 그러나 대체 결백을 반드시 증명해야 할 필요가 어디 있는가? 무엇 때문에? 누구 때문에? 숙희의 양심이 부르짖었다. 못 믿는대도 좋다. 단지 그뿐이 아니냐?, 라고.

"저는 먼저 실례하겠어요."

이렇게 말하며 자리를 일어나는 숙희의 얼굴에는 칼날 같은 처창한[40] 빛이 있었다.

그러나 석진은 대답 없이 테이블 위에 엎드린 채 고개를 들지 않았다.

큰길에 나와 보니 어느 틈인지 벌써 전깃불이 들어와 있는데, 가을날 황혼의 길거리에는 소적한 바람이 행인의

39) 평화롭고 안전한 곳
40) 몹시 구슬프고 애달픈

옷자락을 휘날리고 있었다. 그 속을 수많은 사람들이 제각기 바쁘게 행복스럽게 걸어가고 있었다.

숙희가 일시에 온 세상이 텅 빈 것 같은 버팀성 없는 공허함을 느끼면서 정신없이 종로를 지나 안국동 네거리까지 당도하려니, 갑자기 등 뒤에서 여자의 목소리가 무심코 그녀의 걸음을 세워 놓았다.

"얘, 숙희야!"

돌아보니 그것은 생각지 못한 애라였다. 모자를 쓰고, 양장을 하고, 흰 가을 오버[41] 앞으로 바람에 날리는 새빨간 넥타이가 어쩐지 심플하게 보였다.

"어쩌면 나를 보고도 모르는 척하고 지나가니? 삼방에서 온 뒤에 한 번 찾아오지도 않고."

애라는 이렇게 말하며 숙희에게로 가까이 왔다.

"아이고, 너 얼굴이 웬일이니? 새파랗게 질려서……. 아직도 앓고 있니?"

애라는 놀랐다.

"좀 낫긴 한데……."

"그래, 지금 집에 가는 길이니?"

"응."

"바쁘지 않으면 나랑 놀러 가지 않을래? 오늘 저녁 공회당에서 음악회가 있는데 초대권이 두 장이 있으니……."

애라는 이렇게 말하며 물끄러미 숙희를 쳐다보았다.

41) 오버코트

"집에서 아버지가 기다리시니 가 봐야지."

이렇게 말하는 숙희의 모양은 마치 얼빠진 사람처럼 넋이 없었다. 애라는 전에 보지 못하던 동무의 이런 모양을 꺼림칙하게 바라보았다.

"그럼 어서 가 보렴. 그 대신 조만간 우리 집에 한번 꼭 놀러 와야 한다."

이렇게 말하고 애라는 종로를 향해 휘적휘적 내려가 버렸다.

숙희가 한참 동안 그 자리에 묵묵히 서서 엷은 저녁 어둠 속에서 번쩍거리는 애라의 굽이 높은 에나멜 구두를 바라보려니 별안간 뺨 위로 선뜩한 눈물방울이 굴러떨어졌다. 그녀는 얼른 고개를 숙이고 돌아서서 다시 동십자각 쪽을 향해 걸어갔다. 그녀의 마음속에는 애라를 보는 것도 이것이 마지막이겠구나, 하는 생각이 새삼스럽게 북받쳐 오르는 것 같았다.

이날 밤 백은 선생은 밤이 으슥하도록 잠을 이루지 못하고 혼자 사랑방에서 뒤척거렸다. 선생의 생각에는 아무래도 숙희가 그런 괘씸한 소행을 할 것 같지 않았다. 이것은 분명 누군가 배후에서 중상하려는 자의 소행이 분명했다. 차차 조사해 보면 피차 흑백도 자연히 드러날 것이요, 그렇게만 된다면 설사 일시에 다소 벌어졌던 그들의 사이라 할지라도 결혼 문제만은 아무런 지장이 없으리라고 여유 있게 생각하고 있었다. 그러던 터에 아까 저녁때 돌연 신랑 집이 하인을 시켜 약혼할 때 교환한 예물을 보냈다. 완전한 파혼을 의미하는 것이었다. 백은 선생은 너무도 기가 막혀서 어안이 벙벙했으나 숙희만은 이미 그런 일을 각오하고 있었던 것같이 선선히 받았던 약혼반지를 벌벌 떨고 서 있는 하인에게 내주었다. 그러고는 자기 처소인 건넌방으로 들어가 버렸다.

선생은 이러한 숙희의 행동을 어떻게 판단해야 할지 갈피를 잡을 수 없었다. 이번 파혼 문제의 잘못이 누구에게 있는지 알 수 없는 선생으로서는 어찌할 수 없는 노릇이었다. 그는 묵묵히 딸이 들어간 건넌방만 바라보다가 자신도 혼자 사랑방으로 들어갔다. 덮어놓고 숙희를 책망하며 꾸짖기는 어려웠다. 선생은 무엇보다도 숙희를 믿고 싶었다.

그는 사랑방에 들어온 후에도 밤 열두 시가 지나도록 잠을 이루지 못하고 곰곰 생각했다. 한편에서는 이대로 원인도 알 수 없는 파혼을 감수하고 말 것인가? 그렇지 않으면 적극적으로 나가서 시비 흑백을 가릴 것인가? 양단간 결정적 행동은 숙희의 손에 달려 있는 것이다. 그런데 또 아까 숙희가 얼굴빛 하나 까딱하지 않고 선선히 반지를 내주던 그것은 무엇이라고 해석했으면 좋을 것인가? 선생은 그만 머리가 흐리멍덩해지는 것 같았다.

새벽 한 시가 되는 소리를 듣고야 그는 서안[42]에 의지한 채 어렴풋이 선잠이 들었다.

그곳은 어디인지 무한히 평탄하고 넓은 광야를 세 사람은 걸어가고 있었다. 맨 앞에는 숙희가 서고, 그다음에는 할멈이, 뒤에는 선생이 가고 있었다.

사방을 돌아보아도 죄다 지평선과 하늘이 한데 녹아 붙

42) 책상

어 버린 것 같은 한량없는 광야였다. 그런 곳을 세 사람은 묵묵히 서로 돌아보지도 않고 마치 상여 뒤에 따르는 수상하는 사람들처럼 걸어갔다.

이렇게 얼마 동안 걸어가고 있으려니 돌연 맨 앞에서 걷던 숙희가 "아버지!" 하고 날카로운 비명을 질렀다. 선생이 얼굴을 들어 앞을 바라보니 어떻게 된 일인지 숙희가 수렁에 빠져 허우적거리면서 서러운 목소리로 연신 아버지를 부르고 있었다. 선생은 깜짝 놀라서 숙희에게 달려가려고 했으나 이것은 또 어떻게 된 일인지 땅에 디딘 선생의 발이 마치 무슨 자석에 붙은 쇠와 같이 떨어지지를 않았다. 선생은 조급함에 견디지 못해 큰 목소리로 소리를 지르며 허우적거려 보았으나 아무 소용도 없었다. 그 사이 숙희의 몸은 점점 수렁 속에 빠져 들어가 이제는 겨우 젖가슴 위만 남아 있었다.

숙희는 원망스러운 얼굴로 선생을 바라보며 그래도 자꾸 "아버지"를 불렀다. 그러나 선생은 부질없이 몸부림만 치며 헐떡거렸다. 곁에 서 있던 할멈이 보다 못해 숙희에게로 달려가서 그녀의 팔을 끌어내려 했다. 그러나 숙희를 끌어내기는커녕 할멈의 몸도 그만 함께 수렁 속으로 끌려 들어가 버렸다.

"아이고, 영감마님!"

그 순간 흔들리는 목소리가 선생의 꿈을 흔들어 놓았다.

선생은 의지했던 서안에서 화들짝 일어났다.

전신에는 식은땀이 흥건하게 젖어 있었다. 지금 귓결에 들은 "아이고, 영감마님!"이란 소리가 꿈속에서 들은 소리인지, 깨어서 들은 소리인지 분간할 수 없을 만큼 그의 정신은 당황했다.

그는 눈을 휘둥그렇게 뜨고 방 안을 둘러보며 아직도 자신이 그 무서운 꿈을 꾸고 있는 것이 아닌가 했다. 그러나 십 촉 전등이 환하게 비치고 있는 방 안에서 낯익은 문갑과 책장을 발견하게 될 때 그도 비로소 가슴을 내리 쓰다듬었다.

그러나 아직도 두근거리는 가슴이 채 진정되기도 전에 또다시 "아이고, 글쎄 영감마님!" 하는 할멈의 목소리가 이번에는 정말 영창 밖에서 들려왔다. 선생은 부지중 가슴속에서 덜컥하고 무엇이 무너지는 것 같은 느낌을 받으면서 엉겁결에 미닫이문을 열어붙였다.

"누, 누구냐?"

"하, 하, 할멈이올시다."

지새는 달빛을 받으면서 댓돌 위에서 오들오들 떨고 서 있는 것은 분명 집에 있는 할멈이었다.

"그런데 이 밤중에 어인 일이냐."

"저, 저……."

할멈은 마치 물에서 끌어낸 붕어처럼 입만 벙긋벙긋하면서 말을 못 했다.

"저 어쨌단 말이냐! 말을 해야지!"

"저, 아, 아가씨가……."

"아가씨가?"

일순간 선생의 머릿속으로는 뭐라고 형용할 수 없는 불길한 그림자가 지나갔다.

"그래, 아가씨가 어쨌단 말이냐?"

"저, 저, 아가씨가 그만, 그만……."

이렇게 말하더니 할멈은 그대로 댓돌 위에 주저앉아 버렸다.

선생은 할멈의 이야기를 더 기다릴 여유가 없었다. 무엇인지 딸 몸에 용이치 않은 불행이 있다는 막연한 예감이 마치 강렬한 전류처럼 그의 전신을 한번 스치고 지나가자 그의 몸은 튕겨진 것처럼 안으로 뛰어들어 갔다.

안마당에 들어서 보니 숙희의 처소인 건넌방은 불이 환하게 켜진 채 마루로 통한 미닫이가 활짝 열려 있었다. 선생은 신발도 벗을 새 없이 마루 위로 올라가서 숙희의 방을 들여다보았다.

그 순간 선생은 또다시 전신에 피가 일시에 머릿속으로 역상(逆上)[43]하는 것 같은 경악을 느끼지 않을 수 없었다.

참으로 그것은 놀라운 광경이었다. 언제 봐도 깨끗하고 차근차근하게 치워 놓은 방 안의 모든 것은 어제와 조금도 다름이 없었으나 자리 위에 길게 길을 펴고 누워 있는 숙희의 모습만은 평상시에 보지 못한 참혹한 광경이었다.

43) 거슬러 올라감.

사지는 완전히 무감각하게 경직되어 버린 모양이고, 머리는 조금 흐트러져서 숨을 거둘 때의 괴로웠던 것을 설명하고 있는 것 같았다. 그러나 백지장같이 혈색이 거친 얼굴은 그린 듯 평화롭게 눈을 감고 있었다. 단지 입술 사이로 한 줄기 붉은 피가 마치 지렁이와 같이 뺨 위로 흘러내리던 흔적을 남겨 놓고 있었다.

"오! 숙희야!"

한마디를 부르짖고 선생은 그만 방문 설주에 매달렸다.

일시에 그는 두 눈이 캄캄해지는 것 같은 현기증을 느꼈다. 모든 것이 혼란스럽고 뒤얽혀진 것 같은 상념 속에서 그래도 선생은 이것이 아까 꿈의 연장이 아닌가 하고 스스로 자기 자신의 몸을 꼬집어 보았다. 그러면서 그는 속으로 꿈이었으면 하고 빌었다. 그러나 이것은 꿈이 아니었다. 또렷한 현실이었다.

이것이 꿈이 아니라는 것을 깨닫자 그다음 순간 선생은 와락 숙희에게로 달려들었다. 그는 미친 것처럼 외쳤다.

"숙희야! 숙희야!"

이렇게 외치며 허둥지둥 숙희의 얼굴을 쓰다듬어도 보고, 뺨도 대어 보고, 수족도 주물러 보았다. 그러나 숙희의 몸은 완전히 시체로 변해 있었다. 이미 수족은 얼음장같이 싸늘하게 식었고, 전신은 뻣뻣하게 굳어졌다.

선생은 한참 동안이나 숙희의 몸을 미친 것처럼 더듬어 보았으나 결국 다시 회생시킬 가망이 없다는 것을 깨닫자 얼빠진 사람처럼 공허한 눈으로 멀거니 숙희의 시신을 바라보고 있었다. 사람이란 놀라움이 극도에 다다를 것 같으면 섧다든지 가엽다든지 하는 것과 같은 조그만 감정을 표현할 여유를 용납지 못하는 것이다. 선생은 지금 그러한 자실지경(自失之境)[44]에 빠져 있는 것이다.

대체 무엇이 숙희에게 이와 같이 참혹한 죽음을 요구했단 말인가? 어제저녁 때 자신이 숙희를 오해하고 꾸짖은 그것이 원인일까? 그러나 그것은 벌써 서로 이해가 된 문제가 아닌가. 울면서 서로 믿겠다고 약속한 일이 아닌가. 그래서 사실 선생은 어떠한 사람의 천 마디 설명보다도 단지 숙희의 양심을 신용하고 있었다. 그럼에도 불구하고 하룻밤 동안에 그 무슨 사정이 이 생때같은 몸을 이 꼴을 만들어 놓았단 말이냐?

선생의 늙은 두 눈에서는 걷잡을 수 없는 눈물이 줄줄 흘러내렸다.

"영감님! 어떻게 아가씨가 다시 회생하지 못하실까요?"

어느 틈에 따라 들어왔는지 방문턱에서 할멈이 떨리는 목소리로 이렇게 말했다. 그러나 선생은 대답이 없었다.

"의사라도 불러 볼까요?"

다시 한번 묻는 할멈의 목소리 속에는 울음이 섞여 있었다.

"의사? 죽은 후에 의사를 불러오면 뭐 하나!"

44) 얼이 빠져 마음을 잃어버린 상태

"아이고, 으으으응……."

할멈은 그만 방문턱에 주저앉더니 기어이 소리를 내어 울기 시작했다.

이 불쌍한 할멈은 벌써 이십 년 동안이나 가까이 숙희의 어머니가 살아 있을 때부터 이 집에 있으면서 한집안 식구처럼 살아온 사람이었다. 그는 친척도 자식도 없는 외로운 몸이었다. 그의 말에 의하면 '양평'이라나 어디라나 하는 곳에 단지 한 명의 조카가 살고 있다고 하지만 이십 년 가까이 선생의 집에 있는 동안 그는 한 번도 조카를 찾아가 본 일도 없고, 조카가 찾아온 일도 없었다.

누구든지 그를 처음 보는 사람은 놀랄 만큼 아둔하고 무지한 위인이라고 생각할 것이다. 그러나 그러한 이면에는 그만큼 또 고지식하고 정직한 위인이었다. 그는 선생의 집을 남의 집이거니 하고 생각하지 않았다. 선생의 집에서 나가는 날부터는 이 세상에 자신이 의지할 집도 사람도 없거니 하고 생각하고 있는 위인이었다. 그래서 그는 선생의 집일을 남의 일처럼 생각하지 않고 진일이나 마른일이나 꾀를 피우지 않았다. 더욱이 숙희의 어머니가 아직도 철없는 숙희를 남겨 두고 이 세상을 떠난 뒤부터는 안살림을 온자 맡아서 지내 온 만큼 말이 고용살이지 실제로는 한집안 식구나 다름이 없었다. 그래서 숙희와의 관계도 세상에 흔히 있는 주인 아가씨와 할멈이라는 주종 간의 까다로운 그런 것이 아니고 정말 어머니와 딸의 그것과 같은 정분을 가지고 지내 오던 터였다. 지금 할멈이 숙희의 시신 앞에서 목을 놓고 우는 것도 결코 인사치레의 울음은 아니었다.

백은 선생도 한참 동안이나 흘러내리는 눈물을 거둘 줄 모르고 앉았더니 이윽고 입을 열었다.

"그런데 할멈, 이게 대체 어떻게 된 일이오?"

"전들 알 수 있습니까! 아까 저녁때 집에 돌아오신 뒤부터……."

이렇게 말하며 할멈은 울음을 멈추고 돌이켜 보았다.

"무슨 까닭인지 기색이 몹시 언짢으신 것 같기에 웬일인가 하고 생각은 했지만 그래도 설마 이런 일이 일어날 줄이야 꿈이나 꾸었을까요. 저는 아랫방에서 자고 있으려니 아까 열한 점쯤 해서 어쩐지 아가씨 방에서 혼자 울고 계신 것 같은 기척이 나길래 아마 엊저녁 일로 그러시나 보다 하고 신지무의(信之無疑)[45]하게 생각했지요. 그러다가 조금 전에 몹시 목이 마르기에 물을 먹으려고 부엌을 가다 보니 거는 방문이 활짝 열렸기에 문을 닫아 드리려고 와서 보니 이 모양입니다그려."

이렇게 말하고 그만 또 목을 놓고 울었다.

선생은 얼빠진 사람처럼 멀거니 할멈의 이야기를 듣고 있으려니 문득 숙희의 머리맡에 놓여 있는 작은 한 개의 약병과 편지가 눈에 띄었다. 너무도 놀라 지나치는 바람

45) 꼭 믿어 의심하지 않음.

에 그것의 존재를 이제까지도 모르고 있었던 것이었다.

선생은 와락 숙희의 머리맡으로 달려들어서 약병을 집어 보았다. 베로나-르[46]라고 쓴 라벨이 붙은 조그만 병이었다. 그러나 병 속에는 약이 조금도 없었다.

그는 다시 편지를 집어 보았다. 봉투 겉면에는 낯익은 숙희의 글씨로 '아버지 전상서'라고 쓰여 있고, 뒤에는 '숙희 올림'이라고 적혀 있었다. 그는 벌벌 떨리는 손끝으로 봉투를 뜯고 편지를 읽어 내려갔다. 그것은 숙희가 일상 쓰던 편전에다 깨끗하고 차근차근하게 거의 칠팔 매나 써 놓은 유서였다.

> 아버지!
>
> 아마 아버지께서 이 편지를 보시게 될 때쯤 저의 혼백은 이미 저의 육신을 떠나 있게 되겠지요. 그리고 아버지께서는 저의 빼드러진 시신을 바라보시고 놀라시는 한편으로는 퍽 괘씸하게 생각하시겠지요. 자식 된 도리에 어버이를 앞에 두고 생목숨을 끊는다는 것이 얼마나 큰 죄를 저지르는 것인지 저도 모르는 것은 아닙니다. 그러나 저로서는 이 이상 더 견딜 수 없기 때문에 번연히 죄인 줄 알

46) 수면제로 알려진 '베로날'을 의미하는 듯하다. 〈동아일보〉 1929년 6월 18일자 기사에서는 "칼모진, 짤, 베로날 같은 것은 더욱 문제되기 쉬운 약입니다. 베로날 같은 것은 일주일 이상 연속하여 먹을 때 반듯이 중독성을 일으키며 더욱이 과량으로 복용하면 혼수, 심장쇠약, 강렬한 어질병 같은 것이 생기어 용이하게 사경에 빠지게 됩니다"라고 부작용을 안내하고 있다.

면서도, 잘못인 줄 알면서도 이러한 그릇된 길을 밟지 아니하면 안 되게 되었습니다. 아버지! 아무쪼록 생시에 숙희를 사랑해 주시던 그 인자하신 마음으로 용서해 주세요. 그리고 너무 슬퍼 말아 주세요.

아버지는 물론 생각하시겠지요. 이 못난 자식아! 죽다니, 죽기는 왜 죽는단 말이냐! 네가 만약 그렇게도 애매한 누명을 쓰고 있는 것이 분하거든 얼마든지 살아서 훌륭하게 결백한 것을 증명할 길이 있지 않느냐!라고. 그렇습니다. 물론 그러한 것도 모르는 것은 아닙니다. 그러나 저는 그러한 구차스러운 것을 하기가 싫어요. 설사 그렇게 해서 저는 몸이 결백하다는 것을 증명해 봤자 그것이 무슨 소용이 있습니까. 장차 남의 아내가 될 규중처녀로서 가장 소중하게 지켜야 할 지조에 대하여 그러한 누명을 받았다는 그것만으로도 저는 훌륭히 자살하여 보여 줄 만한 가치가 있다고 생각합니다. 저의 이러한 결심을 아버지나 남들은 죄다 어리석은 행동으로, 그렇지 않으면 시대에 뒤처진 짓이라고 해석하시겠지요. 그러나 그렇게 해석하신대도 좋습니다. 욕을 해도 좋습니다. 비웃는대도 좋습니다. 저는 한번 마음으로 죽기를 결심한 이상 저의 결심을 돌이킬 길은 오직 죽음, 그것밖에는 없으니까요.

아버지!

마지막으로 불쌍한 숙희의 소원입니다. 아무쪼록 저의 시신을 의사에게 보이신 후 해부를 하든지 아무렇게라도 해서 저의 몸이 아직도 처녀를 가지고 있다는 것을 증명해 이석진 씨한테 보여 주세요. 그렇게 하면 좌우간 저의 마음이 어떻다는 것을 그이도 알아주실 테니까요. 자식 된 도리에 아버지 앞에서 생목숨을 끊고 또다시 이런 악착스러운 부탁을 남겨 둔 저의 죄를 용서해 주십시오. 아버지는 인자하신 위에 또 저를 지극히 사랑하여 주셨으니 이런 철없는 부탁도 거절하시지는 않으시겠지요. 그러면 저는 먼저 어머니 슬하에 돌아가서 저의 몸이 누명을 벗는 날을 고대하고 있겠습니다.

시월 열엿샛날[47] 밤
불효막대한 여식 숙희 올림
아버지 전상서

백은 선생은 정신없이 숙희의 유서를 단숨에 읽어 내려갔다. 그는 편지를 다 읽고 나서도 어쩐지 자신이 지금 편지를 읽었는지 안 읽었는지 분간할 수 없을 정도로 정신이 얼떨떨했다. 그는 맥이 풀린 사람 모양으로 멀거니 편지를 손에 든 채 한참 동안 숙희를 내려다보고 있더니 별안간 미친 것처럼 숙희 몸을 껴안았다.

“오! 숙희야! 숙희야! 네가 죽다니! 그게 웬 말이냐? 나는 너를 믿는다고 말하지 않았니?”

47) 10월 16일

이렇게 몸부림을 치며 통곡했다.

늦은 가을밤 새벽녘의 공기는 추위가 뼈끝에 숨을 만큼 쌀쌀하다. 사람의 그림자가 끊어진 거리 위에는 단지 쓸쓸한 바람만이 발가벗은 아까시나무를 후려치고 있는데 안국동 네거리 윤 의학박사의 병원에는 누구인지 밤 적막을 깨트리고 문을 두드리는 사람이 있었다.

"문 열어 주오!"

이렇게 부르는 그 목소리는 노인의 갈라진 음성이었다.

그러나 고단한 새벽잠이 깊이 든 병원에서는 대답이 없었다.

"문 열어 주오. 문 좀 열어 주오!"

탕! 탕! 문을 두드리며 또 이렇게 부르짖는 그 음성은 여간 황급한 모양이 아니었다.

숙직실에서 잠이 깊이 들어 있던 간호부는 문을 두드리는 소리에 비로소 눈을 떴다. 그의 병원에는 위급한 환자 때문에 이렇게 때아닌 손님이 찾아오는 것도 이번이 처음은 아니었다. 그래서 그는 귀찮은 듯 '쯧' 하고 혀를 차고는 옷을 입은 후 문간으로 나와서 큰문 옆에 있는 조그만 통용문(通用門)48)을 방싯이 열었다.

"누구세요?"

"네. 저, 저, 윤 선생 계십니까?"

48) 대문 이외에 따로 자유롭게 드나들 수 있는 문

대문 밖에서 서성서성하며 이렇게 대답하는 그 사람의 모양은 밤빛에 봐도 백발이 성성한 노인이었다.

"윤 선생님은 오늘 마침 시골로 왕진을 나가시고 안 계신데요. 무슨 급한 환자가 있습니까?"

"네. 저……, 좀……."

이렇게 말하며 노인은 어쩔 줄 모르는 듯 어물어물하더니 뒤를 돌아다보았다. 간호부도 노인의 시선을 좇아 그쪽을 바라보니 아마 환자를 담아 온 듯한 한 대의 침대차를 인력거꾼이 지키고 있었다.

"정 급하신 환자 같으면, 작은 선생님이 마침 숙식 중이시지만……."

이렇게 말하며 간호부는 노인의 의향을 묻는 듯 건너보았다.

"뭐, 그분도 의사시라면 상관없소이다……. 그러나 환자를 보시기 전에 내가 좀 먼저 조용히 뵀으면 좋겠는데……."

"하여간 그러면 이리 들어오십시오."

간호부는 노인을 안내했다. 응접실에다 앉힌 후 콩콩거리고 복도를 뛰어가서 저편 끝에 있는 소위 '작은 선생님'의 침실 문을 두드렸다.

"작은 선생님, 최 선생님, 주무세요?"

으레 잠이 깊이 들었다가 깨우는 바람에 핀잔을 얻어 들을 줄 알았는데 의외로 방문이 곧 열렸다.

"누구요?"

평소 보아도 빤드르하게 포마드를 발라서 사륙(四六)으로 가르마를 탄 최 선생의 머리가 나타났다. 아직까지도 잠을 안 자고 무슨 책을 보고 있었던 모양인지 방 안에는 담배 연기가 자욱하고 책상머리 전기스탠드의 불이 휘황하게 비치고 있었다.

"저, 안 주무시고 계셨어요?"

간호부는 놀라운 듯 두 눈이 퀭한 최 선생의 얼굴을 쳐다보며 말했다.

"저, 지금 급한 환자가 하나 왔는데……. 그런데 환자를 데리고 온 노인이 먼저 선생님을 좀 조용히 뵙겠다고 그러네요."

"나를?"

최 선생은 내키지 않는 듯 이렇게 반문하며 무엇을 잠깐 생각하는 듯하더니 말했다.

"하여간 곧 나갈 테니 진찰실에 불을 켜 놓으세요."

이렇게 말하고는 간호부를 돌려보냈다.

이 최 선생님이라는 젊은 의사는 금년 봄에 ○○대학 의학부를 마친 뒤 지난여름까지 그곳 연구실에 눌러앉아 있던 의학사다. 이 병원 원장인 윤 의학박사와는 사제 간이 될 뿐만 아니라 또 특별히 윤 선생의 애고(愛顧)[49]를 받아 오던 관계로 지금으로부터 한 달 전쯤부터 이 병원에

49) 사랑하여 돌보아 줌.

와서 부원장 격으로 윤 선생의 조수 노릇을 하는 한편, 그의 전공 과목인 폐결핵에 관한 연구를 하는 중이었다. 개업의로서는 아직 경험도 없고, 나이도 젊은 그지만 그래도 그는 차근차근 진찰복을 갈아입은 후 노인이 기다리고 있는 진찰실로 나갔다.

이 노인은 별다른 사람이 아닌 바로 숙희의 아버지 백은 선생이었다. 그는 숙희의 유언서를 읽은 뒤 너무도 기가 막혀서 한참 동안 어안이 벙벙했으나 결국 숙희의 소원을 들어주기로 결심했다. 불쌍한 딸자식의 청도 청이려니와 한편으로 선생의 처지로서는 그대로 내버려 둘 수가 없을 것 같았다. 그렇게 생각하고 보니 분하고도 원통한 마음에 일각을 지체할 수가 없어서 밤이 채 밝기도 전에 숙희의 시신을 담아 가지고 지금 이 병원으로 찾아온 길이었다.

그러나 막상 병원에 당도하여 의사를 대하고 보니 말이 꽉 막혀 버린 것 같았다. 지나치게 흥분하여 정신이 전도된 것도 한 가지 원인이려니와 그보다는 대체 죽은 시체를 가지고 와서 처녀를 증명하겠다는 그러한 일이 이 세상 어떠한 곳에 또 있었던 일이란 말인가? 전무후무한 이 기괴한 진찰을 어떻게 청해야 할지 알 수 없었다. 지금 의사는 당연히 환자를 데리고 온 줄 알 것이지 설마 몇 시간 전에 죽어 빼드러진 송장을 오밤중에 끌고 와서 처녀를 증명해 달라고 그럴 줄은 예상도 못 하고 있을 것이다. 그것을 생각하면 더욱더 주저하게 되었다. 그러나 선생은 결국 마음을 추스르고 처음부터 숙희가 자살하게 된 경위를 최 의사에게 설명해 주었다.

자신의 딸 숙희가 금년 봄에 ○○여자 고등보통학교를 졸업한 뒤 바로 이석진이라는 청년과 약혼을 맺은 후 가을에 결혼을 하려고 했으나 평소 허약하던 숙희가 병으로 인해서 자리에 눕게 되어 하는 수 없이 결혼을 연기하고 의사의 권고를 받아 한여름 동안 삼방으로 요양을 내려가서 있게 되었다. 그 결과는 의외로 좋아져서 숙희가 첫 가을 경성에 올라왔을 때는 병도 거의 완쾌되었기 때문에 연기했던 결혼을 다시 이어서 조만간 성혼하려고 하던 차에 뜻밖에도 신랑집으로부터 퇴혼을 받게 되었다. 그 이유는 숙희가 삼방에 가 있는 동안 어떤 사나이와 관계를 맺었다는 것 때문이었다. 자기로서는 평소 숙희의 소행을 잘 알고 있는 만큼 그런 말을 믿고 싶지 않았지만 그래도 문제가 문제인 만큼 숙희를 불러 사실 유무를 엄격하게 힐문해 보았고 그의 대답한 바에 의하면 전혀 알 수 없는 누명이라고 울면서 말했다.

"나는 알고 있습니다. 그것이 어떤 일이 있더라도 이 늙은 애비의 앞에서만은 거짓말을 하지 않으리라는 것을……."

선생은 이곳에서 이렇게 입을 열며 잠깐 동안 말을 끊고 눈물이 그렁그렁한 두 눈을 끔뻑거렸다.

그래서 자기는 사실 딸자식의 마음을 알고 있는 만큼

숙희의 말을 믿고 이것은 분명히 누군가 중간에서 중상하는 자의 소행이 틀림없는 것이니 차차 알고 보면 자연히 숙희가 억울하다는 것이 드러날 것이라고 생각했다. 그러던 참에, 그렇다. 그러던 참인데 숙희가 오늘 밤 돌연 극약을 마시고 자살을 해 버렸다. 그것은 참으로 예상 밖의 일이었다. 그들이 그렇게까지도 숙희의 마음속에 일념을 맺혀 주었을 줄은 정말 몰랐던 것이다. 더구나 유서 속에 자신의 몸을 해부를 해서라도 자신이 처녀라는 것을 증명해 이석진 씨에게 보여 달라는 한 구절은 자신의 마음을 절망과 비통의 구덩이 속에 처넣는 것이나 다름없이 쓰리고 아팠다.

"그러니 아무쪼록 저의 불쌍한 딸자식의 마지막 소원을 들어주십시오. 아마 이러한 청을 받아 보시기는 처음이시겠지만 이 늙은 사람의 낯을 봐서라도 거절하시진 않으시겠지요?"

애원하는 듯 이렇게 이야기를 끝맺으며 최 의사의 얼굴을 쳐다보는 선생의 두 눈에서는 새로운 눈물이 샘솟듯 쏟아져 나왔다.

최 의사는 백은 선생의 이야기를 다 듣고 난 후에도 역시 묵묵히 앉은 채 아무 말도 하지 않았다. 법의학상으로 보면 이러한 사건이 그리 희귀한 일이라고 할 수는 없지만 사적으로 진단을 요구한다는 것은 일찍이 들어 보지 못한 사실이다. 의사의 입장에서는 응당 이런 일에도 진단을 내릴 만한 권한이 있는 것이지만, 그래도 사건이 너무도 의외의 일인만큼 어떻게 대답해야 좋을지 알 수 없었다.

그런 한편으로 또 한 가지 최 의사를 놀라게 하고 주저하게 한 것은 이 사건을 통해 자신과 관련된 어떤 기억이 연상되었기 때문이다. 그는 처음 백은 선생에게서 숙희의 자살의 전말을 들게 될 때, '혹시나……' 하는 의문이 떠오르지 않은 것도 아니었지만 그래도 설마 그 일이 이렇게까지나 무서운 결과로 더군다나 공교롭게도 자신의 손으로 넘어올 것이라는 예상은 하지 못했다.

세상에는 얼마든지 소설과 같은 우연이 있다고 하지만 그렇게 생각하기에는 몇 가지 부자연스러운 것이 숨어 있는 것 같았다. 첫째, 자신의 상상 속에 있는 그녀는 사실 삼방에서 자신과 관계를 맺은 것이 분명한 터인데, 이제 새삼스럽게 자살한 후 자신의 몸이 처녀라는 것을 증명해 달라는 유언을 남겨 놓았을 리 없는 것이다. 이것은 상식적으로 판단해도 알 수 있다. 그러나 또 한편으로 백은 선생의 이야기를 듣고 있으니 그녀의 이름이 숙희라는 것이라든지, 나이나 삼방에 가 있던 날짜 등이 모두 일치했다. 이것이 대체 어떻게 된 일인가. 마치 도깨비에게 홀린 것 같은 일이었다.

어쩌면 지금 침대차에 끌려 병원 문 밖에서 기다리고 있는 젊은 여자의 시체가 바로 자신이 삼방에서 사귄 그녀가 아닌지 알 수 없었다. 그렇게 생각하고 보니 별안간 가슴이 타는 것같이 괴로워지며 손끝이 떨렸다.

아무것도 모르는 백은 선생은 의사가 기색이 변해 주저하는 것을 보고 아마 진찰해 주기를 꺼려 하는 이유로 그런 줄 알았다. 그래서 선생은 다시 한번 말했다.

"물론 이런 일을 봐주시기가 괴로우시겠지만 아까 말한 바와 같이 저의 딸자식의 죽음이 너무도 억울한 것 같사오니 어려우시겠지만 꼭 좀 봐주시기를 바랍니다. 보수에 대해서는 충분하게 생각하고 있습니다."

그는 백발이 성성한 머리를 숙였다.

그러나 최 의사는 진찰을 꺼리는 것도 아니요, 보수를 생각하고 있는 것도 아니었다. 그는 핼쑥하게 혈색이 거친 입술을 빨며 묵묵히 앉아 있기만 했다. 지금 그의 마음속에는 노도와 같은 천 가지 의구심과 가책이 용솟음치고 있었다.

지난여름 자신이 삼방에서 지낸 그 꿈같은 하룻저녁! 그런 후 연기와 같이 사라져 버린 숙희라는 그 여자의 종적! 그 뒤 그는 얼마나 그녀 때문에 괴로워하며, 그리워하며 헤맸던가? 그녀로서는 자신과 그런 짓을 한 것이 한낱 작은 상난이었을지 모르지만 자신은 정신적으로나 육체적으로나 처음으로 이성에게 바친 동정(童貞)이었다. 그만큼 그는 숙희라는 여자에게 애착을 갖고, 증오를 갖고, 의혹을 갖고 있었다. 그러던 참에 이제 숙희가 돌연히 자살한 후 처녀를 진단해 달라고 유언을 했다니 이것이 대체 어떻게 된 일인가? 혹시 알지도 못하는 다른 여자의 우연한 암합(暗合)이 아닌가? 하지만 이것이 삼방에서 만났던 그녀라면 그녀의 자살에 대한 책임이 누구에게 있는 것인가? 이렇게 생각하고 보니 어쩐지 숙희의 죽음이란 말이 자신의 머릿속에 달라붙어서 떨어지지 않는 것 같았다.

그는 갑자기 자리에서 일어나며 말했다.

"어쨌든 시체를 이리로 데려오십시오."

그의 얼굴에는 뭐라 형용할 수 없는 비통한 결심의 빛이 나타났다. 그래서 일찍이 전례에 없는 이 기괴한 처녀 증명 사건은 최 의사의 손으로 진단을 하게 되었다.

지금 백 와트의 수술용 아크등이 눈이 부시게 내려 쏘이고 있는 수술대 위에는 숙희의 시체가 길게 드러누운 채 눈처럼 하얀 홑이불을 덮고 있다. 그 주위에는 두 명의 간호부와 최 의사가 흰 마스크, 흰 수술복, 고무장갑 등 차림만 봐도 긴장이 되는 차림을 하고 서 있다. 그리고 조금 떨어진 뒤에는 백은 선생이 묵묵히 서서 공허한 눈으로 숙희의 시체를 응시하고 있다.

수술실 안에는 뭐라고 형용할 수 없는 찌는 것 같은 긴장된 공기가 넘쳐흐르고 있었다. 소독한 수술 기구를 테이블 위에 덜그럭하고 올려놓는 소리라든지, 벽에 걸려 있는 시계가 째깍째깍하고 시간을 찍는 소리까지, 그들의 흥분된 신경을 한껏 바늘로 찌르는 것처럼 들렸다.

최 의사는 겉으로는 가장 아무렇지 않은 듯 준비를 하고 있었지만 사실 마음속으로는 그 누구보다도 무서운 고통을 느끼고 있었다. 대체 지금 이 수술대 위에 누워 있는 시체가 지난여름 자신이 삼방에서 만난 그 여자인가? 혹시 다른 여자인가? 그러나 다른 여자일 리는 없을 것이다. 이 세상에 아무리 거짓말 같은 우연이 많다고 하지만 그렇게도 유사한 일이 그나마 자신의 손에 들어왔다고 어떻게 생각할 수 있을까? 이것은 분명히 그 여자다. 자신이 삼방에서 만났던 그 여자다, 그렇게 생각하고 보니 그 다음 순간 자신의 손으로 홑이불을 벗기고 그녀의 얼굴을 봐야 할 것이 견딜 수 없이 두려웠다. 이 얼마나 무서운 인과인가? 가책인가? 지옥인가? 그는 모든 준비를 마친 뒤에도 잠깐 동안 수술대 앞에 서서 손을 대지 못하고 주저했다.

"해부를 해야 하겠습니까."

이때 등 뒤에서 이렇게 묻는 백은 선생의 목소리가 침묵을 깨트렸다.

"뭐 해부까지는 할 필요가 없을 것 같습니다. 국소진찰(局所診察)[50]만 해도 짐작할 수 있는 것이니까……."

최 의사는 이렇게 대답하며 마음을 단단히 먹은 듯 수술대 앞으로 다가서서 홑이불을 벗겼다. 그 순간 그는 "아" 하고 가벼운 부르짖음을 내며 한 걸음 뒤로 물러섰다.

50) 어느 한 부분만 진찰하는 것

휘황찬 아크등 아래 뚜렷이 드러난 그 얼굴은 예상 밖에도 삼방에서 만났던 그 여자, 숙희라고 자칭하던 그 여자의 얼굴이 아니었다. 이것이 무슨 까닭일까? 최 의사는 그것이 도리어 놀라웠다. 이름이 같고, 나이가 같고, 만났던 장소가 같고, 모든 것이 부합됨에도 불구하고 단지 얼굴만 다른 사람이라니 이것이 어떻게 된 일인가? 그나마 지금 수술대 위에 드러누워 있는 그 여자의 얼굴은 어디서 언제인지 본 듯한 기억이 그의 머릿속을 아리송하게 만들었다. 그래서 그는 잠깐 놀란 것이었다.

백은 선생과 간호부들은 의사가 놀라는 것을 보고 무슨 일이나 생긴 줄 알고 눈이 휘둥그레져서 서로 마주 보았다. 아닌 게 아니라 사실 간호부들은 이렇게 깊은 밤중에 새파랗게 젊은 여자의 시체를 검시하는 시중을 마음속으로 달갑게 여기지는 않았던 터라 의사가 놀라는 것을 보고 찔끔 겁을 집어먹은 것도 무리가 아니었다.

"왜, 왜 그러십니까?"

백은 선생이 의사에게 다가오며 물어보았다. 그러나 그때 최 의사는 이미 기색을 바로 잡은 후였다.

"아니, 뭐……. 별일 없습니다."

이렇게 말하고는 완전히 임상가의 침착한 태도로 돌아와서 숙희의 몸을 진찰하기 시작했다.

의학적으로 봐서는 처녀의 파과(破瓜)51) 여하를 진단

51) 성교로 인하여 처녀막이 터짐.

하는 것은 극히 간단한 일이었다. 간혹 생리적변조(生理的變調)가 아직도 남성의 ○을 알지 못하는 처녀를 파괴시키는 현상이 없는 바는 아니지만, 그것의 역정리(逆定理)로 남성의 ○을 알면서도 완전한 ○○○[52])을 가지고 있을 수는 없는 것이다. 최 의사는 메스를 들 필요도 없을 정도로 그의 촉진(觸診)은 이미 숙희의 완전한 ○○○[53])을 찾아냈던 것이다.

"분명히 ○○○[54])이 있습니다. 이분은 확실히 처녀였습니다."

시체에서 손을 떼며 최 의사는 백은 선생을 돌아보고 상기된 얼굴로 이렇게 말했다. 이 말에 백은 선생은 와락 의사에게 오며 말했다.

"그것이 정말입니까? 해부를 하지 않고서도 알 수 있습니까?"

"알 수 있습니다."

"그럼 진단서를 써 주시겠습니까?"

"써 드리지요."

의사의 대답에 선생은 그만 또 눈물이 비 오듯 쏟아지며 "오! 숙희야! 불쌍한 숙희야!" 하고 부르짖었다.

이 참혹한 광경을 바라보고 있으려니 최 의사의 눈에서도 어쩐지 눈물이 나올 것 같았다. 무슨 까닭인지 이 여자의 죽음이 자신과 어떤 미묘하고 무서운 관계를 가지고

52), 53), 54) 처녀막을 가리키는 듯하며, 당시 검열된 것으로 보인다.

있는 것 같은 생각이 들었기 때문이다. 가장 냉정해야 할 의사로서 자신의 마음속에서 흔들리고 있는 이런 동요를 감추려는 듯 그는 책상 앞으로 가서 진단서를 썼다. 그리고는 간호부에게 몇 가지 남은 뒷일을 부탁해 놓고 도망치듯 자신의 숙직실로 돌아왔다.

숙직실에서 그는 담배를 피워 문 후 몇 번이나 방 안을 왔다갔다 하며 흥분된 마음을 가라앉혀 보려고 애썼다. 그러나 그렇게 할수록 도리어 그의 머릿속에는 갈피를 잡을 수 없는 의혹이 안개처럼 피어올랐다. 그것은 마치 아무리 돌아다녀도 평생 빠져나갈 수 없는 미로를 헤매는 것 같은 것이었다. 지금 자신이 진찰한 처녀와 삼방에서 만난 그 여자와 그리고 자신과의 사이에는 무엇인지 서로 통하는 그 어떤 관계가 있는 것 같았다. 그러나 생각은 그렇다고 해도 막상 당면해 보면 그 소위 관계라는 것을 해석하고자 하니 도대체 어떻게 된 일인지 분간을 할 수 없었다.

삼방에서 그에게 꿈같은 하룻밤을 깃들어 준 그 여자, 그 여자는 자신의 이름이 숙희라고 했다. 그리고 그 이튿날부터 흔적 없이 사라진 그 여자. 그때 그는 얼마나 그 여자를 그리워하며 실망하고 괘씸하게 생각했던가? 비록 하룻저녁의 사귐일망정 그에게 있어서는 모든 마음과 온갖 진정을 다 바쳤던 만큼 그의 정신적 타격은 적은 것이 아니었다. 그는 그 뒤 몇 달이 지난 지금까지도 오히려 그 여자의 정체를 찾지 못해 그 여자의 진심을 해석하지 못해서 괴로워하고 있는 것이 아닌가?

그때 그는 그 여자를 잃어버린 후 견디다 못해 그 여자가 묵고 있다고 가르쳐 준 여관으로 그녀를 찾아갔었다. 그러나 그 여자는 이미 서울로 떠나간 후고 단지 남아 있는 그 여자의 친구라는 여자만이 나와서 자신의 행색을 의심하던 것까지 생각이 났다. 묵은 기억이 실마리가 풀리듯 여기까지 당도하자 돌연히 그의 머릿속에는 번갯불과 같이 번쩍하고 지나가는 무엇이 있었다.

"오! 그 여자다. 그 여자다. 지금 내가 진찰한 여자가 바로 그때 그 여자의 친구라는 그 여자다."

그는 미친 것처럼 자리에서 벌떡 일어났다. 그는 머리를 쥐어뜯으며 지금 붙잡은 기억의 실마리를 놓치지 않으려고 허우적거렸다. 그러나 생각은 그곳까지 와서 탁 막힌 것처럼 더 나가지 않으며 다시 몽롱해지기 시작했다.

지금 자신이 진찰한 여자! 그 여자의 친구! 그리고 그 여자! 이 세 여자는 어떤 관계를 가지고 있나? 그는 그것을 알아내기 위해 무던히 애를 썼다. 그러나 그것을 알아내기는커녕 도리어 점점 머리만 아파지며 모든 것이 희미해지는 것 같았다. 그는 그만 두 손으로 머리를 싸매며 방바닥에 쓰러졌다.

어디선지 멀리서 새벽닭 우는 소리가 은은히 들려왔다. 그러더니 진찰실 쪽에서 늙은이의 숨어 우는 듯한 허희

(歔欷)[55]가 들려왔다. 아마도 시체를 옮겨 가져가며 불쌍한 노인이 또 우는 모양이었다. 그는 그 소리를 듣는 줄 모르게 귀를 기울이고 있으려니 갑자기 정신이 멍해지는 것 같았다.

이 최 의사는 다른 사람이 아니라 바로 삼방에서 애라와 하룻밤을 지낸 최영호, 그 사람이었다.

55) 한숨을 쉼.

회한(悔恨)

첫겨울 어느 흐린 날 오후였다.

눈이 내리려는지 비가 내리려는지 잔뜩 엉겨 붙은 하늘 밑으로 매운바람이 이 공동묘지로 통하는 좁고 바짝 붙은 길거리의 먼지를 휘날리고 있었다. 거리 양편에 늘어서 있는 가게, 그것은 대개 음식점이거나 그렇지 않으면 몹시 한산해 보이는 구멍가게인데, 먼지를 하얗게 뒤집어쓴 가겟머리[56]에서 쓰러져 가는 화로를 끼고 앉아 묵묵히 지나가는 행인을 바라보고 있는 늙은 영감님의 정경이 무척 을씨년스러웠다.

애라는 고개를 숙인 채 이 거리를 재빠른 걸음걸이로 지나치려니까 무슨 까닭인지 이런 음산한 날 이런 우울한 거리를 가고 있다는 생각만으로도 그녀의 가슴속이 뿌듯

56) 가게의 한쪽 끝이나 가장자리

해지는 것 같았다. 그녀는 종이에 싸서 들고 가던 꽃 뭉치를 가슴 위에다 끌어안으며 바람을 피해 고개를 돌린 채로 무작정 걸어갔다.

이 음울한 거리가 끝나는 곳에는 돌연 생각지 않았던 것 같은 휑뎅그렁한 빈 땅이 그녀의 눈앞을 허전하게 만들어 주었다. 그리고 이 공지를 사이에 두고 저편 산기슭에 있는 앙상한 잡목림이 더 한층 쓸쓸하게 보였다. 인왕산 위에 뉘엿뉘엿한 저녁 해가 이들 뼈만 남은 잡목의 그림자를 갑절이나 길게 땅 위에 끌어 주고 있는데, 그 위에서는 몇 마리의 까마귀들이 무슨 불길한 예고와 같이 까악까악 하며 지저귀었다. 그러더니 갑자기 산기슭을 돌아서는 모퉁이에서 그녀는 한때 반우(返虞)[57]가 돌아가는 행렬을 만났다. 누구인지 그것은 젊은이의 죽음인 듯싶었다. 앞에는 벙거지에 울긋불긋한 옷을 입은 두 명의 장정이 요여[58]를 맨 채 가고, 그 뒤에는 단지 한 개의 삿갓가마[59]가 따라가고 있는데, 그 속에서는 아직도 철없는 어린아이의 "아이고아이고" 하는 어설픈 곡성이 들려왔다. 그리고 또다시 그 뒤에는 예닐곱 명의 수상하는 사람들이 고개를 떨어트린 채 묵묵히 따라가고 있었다.

애라는 문득 걸음을 멈추고 듣는 줄도 모르게 그 곡성

57) 장사를 지낸 뒤 신주를 집에 모셔오는 일
58) 시체를 묻은 뒤에 혼백과 신주를 모시고 돌아오는 작은 가마
59) 초상 중에 상제가 타는 가마

을 듣고 있으려니 어쩐지 자신도 정말 울고 싶은 것 같은 충동을 받았다. 지금 울면서 지나가는 저 어린아이는 어머니를 잃었는가, 아버지를 잃었는가, 하고 자신과 상관없는 걱정을 하며 한참 동안이나 길가에 서서 그들의 뒤를 바라보고 있었다.

평탄한 큰길이 끝난 곳에는 조그만 고개가 있었다. 그 고개를 올라서면 양쪽 산등성이로 바가지 쪽을 엎어 놓은 것 같은 수없는 무덤이 덮여 있다. 이곳에서부터 공동묘지가 시작되는 것이다.

사람의 그림자가 없는 이 음울한 산등성이를 애라는 더듬어 가며 얼마 동안 가려니 돌연 그녀의 눈에는 한 명의 사람의 그림자가 보였다. 그나마 그 사람은 자신이 찾아가고 있는 무덤 앞에 앉아서 망연히 저물어 가는 서쪽 하늘을 바라보고 있었다.

'누구일까?'

애라는 가슴이 덜컥하여 걸음을 멈추고서 이렇게 생각했다.

아무리 죽은 사람을 묻어 둔 무덤이라 해도 아직 출가 전 처녀의 무덤 앞에 이렇게 추운 날 해가 저물도록 앉아 있는 저 사나이는 대체 누구일까?

물론 저 사람도 죽은 이를 잊지 못해 저러는 것이겠지만 그렇다면 죽은 이와 저 사람은 어떤 관계를 가지고 있는 것일까? 애라는 어쩐지 이제야 정말 자신의 죄악이 탄로

나서 무서운 가책의 앞에 서게 된 것처럼 떨렸다.

그녀는 그만 돌아설까, 하고 망설였다. 그 순간 무덤 앞에 우두커니 앉아 있던 사나이는 그제야 애라의 기척을 느낀 듯 돌아보았다. 몹시 창백한 얼굴이었다. 바야흐로 저물어 가는 저녁 빛 속에 그 사나이의 검은 모자와 검은 외투가 더 한층 그의 핼쑥한 얼굴을 뚜렷하게 보여 주었다. 혹시나 하고 의심했던 그 사람은 아니었지만 그래도 애라는 무슨 까닭인지 다리가 떨리는 것 같아 한참 동안 마음속으로 허둥댔다.

사나이는 애라가 주저하는 것을 보더니 묵묵히 앉아 있던 곳에서 일어나 자리를 비켜 주었다. 그 바람에 애라는 새삼스럽게 다시 돌아갈 수도 없어서 마음을 단단히 먹은 듯 무덤 앞으로 갔다.

그 무덤은 아직도 사람을 묻은 지 며칠 안 되는 것처럼 누런 황토가 푸석하게 얹혀 있는 조그만 분상[60]이었다. 오히려 나무 향기가 남아 있는 듯한 말뚝에는 '김숙희지묘'라는 다섯 자가 먹 자리도 새롭게 빛나고 있는데, 그 옆에는 아마도 지금 그 사나이가 갖다 놓은 것 같은 한 뭉텅이의 꽃송이가 쓸쓸하게 놓여 있었다.

애라는 그 앞으로 가서 자신이 들고 온 꽃을 옆에 가지런히 놓은 후 잠깐 동안 모든 것을 잊어버린 것처럼 서 있었다.

60) 무덤의 북한어. 혹은 무덤의 위를 뜻함.

김숙희! 김숙희! 지금 이 땅속에 누워 있는 김숙희는 그 누구보다도 자신의 제일 가까웠던 친구가 아니었던가. 그 고운 마음씨와 다정한 의리는 지금도 오히려 그녀의 마음속에 따뜻한 정을 깃들여 주고 있건만 이제 그 몸은 이미 땅속에 묻혀 있다니 생각해 보면 덧없는 일이었다. 그나마 이 숙희의 뜻하지 못한 죽음은 무엇 때문이었던가, 생각이 여기까지 미치니 애라는 갑자기 가슴속이 옥죄이는 것 같아지며 걷잡을 수 없는 눈물이 흘러내렸다.

애라에게 자리를 비켜 준 뒤 말없이 옆에 서서 이 광경을 바라보고 있던 젊은 사람은 애라가 눈물을 흘리는 것을 보고 자기 역시 비감해진 것처럼 그 큰 눈을 끔뻑거리다가 공손하게 모자를 벗으며 말했다.

"저, 잠깐 실례하겠습니다."

애라는 사나이의 그 소리에 비로소 자리에 돌아와서 고개를 들어 보았다.

"이런 말씀을 여쭙는 것이 실례 같습니다만, 숙희 씨와 어떻게 되십니까?"

이렇게 말하는 사나이의 두 눈 속에는 저녁 햇빛을 받아 번쩍하고 빛나는 무엇이 있었다.

"네. 저……. 저……."

애라는 어쩐지 선뜻 대답하기가 무서운 듯 주저하다 말했다.

"저랑은 퍽 가까운 친구였어요."

"그러십니까. 저는 이석진이라고 합니다. 혹시 아실지 모르겠지만 숙희 씨와는 약혼 중에 있던 사람입니다."

남자는 이렇게 말했다.

이석진! 하는 소리가 마치 우렛소리같이 그녀의 머릿속을 흔들었다. 비록 얼굴은 지금 대하는 것이 처음이라고 하지만 그의 이름만은 벌써 숙희에게 듣고 있던 터라 그녀가 자지러지게 놀란 것도 무리는 아니었다.

이 얼마나 무서운 우연인가? 그나마 숙희의 무덤 앞에서 다른 사람도 아닌 이석진을 만나게 되다니! 그녀는 머리끝이 쭈뼛해지며 금방이라도 무덤 속에 누워 있던 숙희가 "이년! 애라야!" 하고 뛰어 일어날 것 같았다. 그러나 그는 강하게 이런 모든 내색을 감추고 가장 천연덕스럽게 놀란 모습을 했다.

"아이고, 이석진 씨세요. 선생님의 말씀은 숙희에게서 매일 듣고 있었습니다. 저는 장애라입니다. 숙희와는 평소부터 다정하게 지내고 있었습니다만, 이번에 얼마나 섭섭하셨겠어요."

"고맙습니다. 섭섭한 생각이야 이루 말할 수 없습니다. 그저 제가 어리석은 탓에 이런 일을 저질러 놓은 것을 생각하면 미안한 생각보다는 원통해서 죽겠습니다."

석진은 진심으로 기가 막힌 듯 이렇게 말하더니 그만 눈물을 보였다. 애라는 사나이의 눈물을 바라보고 있자니 더 한층 자신의 죄가 무서워지는 것 같았다.

이 아무것도 알지 못하는 순박한 석진은 숙희의 죽음을 다시 자신의 불민한 탓으로 알고 스스로 양심의 고통을 받고 있는 것이다, 라고 생각하니 그녀는 그만 이 사나이의 앞에서 모든 것을 시원하게 자백해 버린 뒤 흠뻑 울고 싶다는 충동을 느꼈다.

“이제 와서 그런 생각을 하시면 뭘 합니까? 모든 것을 운명으로 돌리고 단념해 버리셔야지요.”

“운명이요? 이것도 운명인가요? 그렇다면 저들은 얼마나 서러운 운명을 타고난 사람들일까요.”

“그야 할 수 없는 일이에요. 사람이란 결국 운명의 지배를 받고 마는 것이니까요.”

운명의 지배? 그런 것을 믿고 있는 애라는 아니었지만 오늘에 한해서는 어쩐 일인지 그것을 믿고 싶었다. 어린아이가 배가 고플 때는 어머니를 부르는 것처럼 사람도 큰 서러움 앞에 당면할 때는 뭔가 더 위대하고 거룩한 것에 매달리고 싶어지는 것이다. 그것이 석가여래가 되고, 예수가 되고, 마호메트가 되는 것이다. 결코 약한 사람이나 비겁한 사람의 구실은 아니다. 사람이 크면 얼마나 크고 굳세다면 얼마나 굳센가? 한 번 번갯불이 번쩍하는 곳에 태산준령도 무너지고 지구의 위경련 같은 작은 지진에도 근대 문명의 정화를 자랑하는 모든 것이 하룻밤 동안 폐허로 변해 버리지 않는가? 생각하면 사람의 존재란 미미하기 짝이 없는 것이다.

"허! 젊으신 분치고는 퍽 소극적인 숙명관을 가지고 계시군요."

석진은 애라의 말을 듣더니 조금 의외란 듯 마주 건너보았다.

"네. 저는 숙명론자예요. 숙명론자가 되었어요."

이렇게 애라는 대답했다. 그러고는 석진의 앞에서 모든 것을 죄다 이야기해 버리고 싶다는 무서운 충동을 간신히 참았다.

지난여름 달 밝은 밤 삼방에서 보낸 그 하룻밤이 다시 그녀의 머릿속에 떠올랐다. 그때 그녀는 무심코 그 사나이 앞에서 했던 한마디 거짓말이 이렇게도 참혹한 결과를 맺어 자신을 괴롭게 할 줄은 꿈에도 생각지 못했다. 지금 생각하면 그때 자신이 했던 모든 행동이 어떻게 된 일인지 알 수 없었다. 그 사나이를 밉게 보지 않은 것만은 잡아뗄 수 없는 사실이지만 그렇다고 처음 인사한 남자의 여관을 어슬렁어슬렁 따라간 일이라든지, 또는 자신의 이름을 하필 숙희의 이름과 바꾼 것이라든지 하는 것이 아무리 생각해도 이해할 수 없었다. 그야말로 이것도 벌써 이렇게 될 전조로서 숙희와 자신은 타고난 전생의 업원인지 모른다. 그렇다. 그렇게밖에는 해석할 수 없지 않은가?

그러나 석진이 만약 자신의 이러한 비밀을 알게 된다면 그는 얼마나 자신을 원망하고 고약한 여자라고 욕할 것인가? 그것을 생각하면 뉘우침도 뉘우침이지만 차마 사실을 이야기할 용기가 나지 않았다.

그래서 애라는 묵묵히 고개를 떨어트린 채 여전히 구두 끝만 내려다보고 있었다. 어느 사이에 해가 저물었는지 주위에는 엷은 땅거미가 기어들기 시작했다. 산등성이를 후려치고 지나가는 바람이 해 질 무렵부터 투철히 매워진 것 같은데, 멀리 내려다보이는 거리에는 벌써 불이 들어왔는지 고양이 눈깔 같은 전등이 깜빡거리고 있었다.

"늦은 것 같은데……. 그만 돌아가지 않으시겠습니까?"

문득 생각이 난 것처럼 석진이 먼저 이렇게 입을 열며 모자를 쓰고 외투 날을 세웠다.

"네. 저도 갈게요."

이렇게 말하며 애라도 따라 일어섰다.

두 사람은 나란히 무덤 앞에 서서 잠깐 머리를 숙이고 작별의 인사를 하고는 몸을 돌려 아까 올라왔던 언덕을 천천히 내려갔다.

몇 번인지 그들은 고개를 돌려 지금 떠나온 숙희의 무덤을 다시 한번 보려는 듯 그쪽을 바라보았으나 바야흐로 짙어 가는 저녁 빛은 불과 십여 간 밖에서도 그것을 분간할 수 없을 정도로 만들었다.

"이번에 숙희 씨의 자살을 애라 씨는 어떻게 생각하시나요?"

고개를 넘어서 길이 조금 평탄한 곳에 이르렀을 때 이제까지 말없이 걷던 석진이 돌연 입을 열었다.

"……?"

애라는 그의 이 뜻하지 않은 질문의 의도가 어디에 있는지 알 수 없어 묵묵히 사나이의 얼굴을 바라보았다.

석진은 대수롭지 않은 일처럼 잠깐 입술에 엳은 웃음을 띠었지만 그래도 어둠 속에 빛나는 그의 두 눈 속에는 무엇인지 살피려는 것 같은 빛이 있었다.

"어떻게 생각하냐고 물어본들 별것은 아닙니다. 물론 애라 씨께서도 이번 숙희 씨의 자살 경위에 대해서는 자세한 이야기를 들으셨겠지만 제가 취한 태도는 어떻게 보셨는지 궁금해서 그렇습니다."

"저는 거기에 대해서 별로 시비를 판단할 정도의 의견을 갖지 못해서요."

"겸손한 말씀이겠지요. 이번……."

이렇게 말하며 석진은 잠시 말을 끊고 이 화제에 대해 자신이 지나치게 흥분한 것을 감추려는 듯 하얀 이를 내놓고 웃었다.

"이번 숙희 씨가 직접 자살하게 된 원인으로 말하자면, 그 동기는 순전히 제게 있다고 볼 수 있는데, 또 저의 처지로 말하자면 저는 그만큼이나 숙희 씨를 사랑하고 믿었던 만큼 저의 태도가 그리 가혹했다고는 해석할 수 없는 노릇이고……. 저는 그래도 숙희 씨가 그렇게까지 최후의 행동을 취할 줄은 몰랐습니다."

아하, 이 가엾은 사나이는 아직도 숙희의 자살에 대해

가책을 느끼고 있구나! 애라는 이렇게 생각했다.

"하지만 누구든지 석진 씨의 처지가 되어 본다면 그런 것을 너무 냉정했다고만 말할 수는 없겠지요."

"그렇게 생각해 주신다면 고맙습니다. 그런데 지금 와서 생각하니 저의 태도가 너무 어리석었던 것 같아요. 아무리 그런 소문이 있었기로서니 그것을 덮어놓고 믿고 집안 어른들이 권하는 대로 파혼을 한 것이 여간 후회되지 않습니다. 아쉬운 대로 숙희 씨를 저의 약혼자……, 장래의 아내로서 정해 두지 않은 채 이런 일을 당했으면 죽은 이를 위해서나 또는 저의 마음이 얼마나 위안이 되었을지 모르겠어요."

말을 마친 석진은 고개를 숙여 걸어가는 발끝을 내려다보며 가벼운 한숨을 내뱉었다. 애라는 어쩐지 자꾸 다리가 떨리는 것 같아 정신없이 어둠 속에 묻혀 가는 모든 광경을 응시한 채 휘청대는 걸음을 떼 놓았다.

공동묘지로 통하는 좁은 거리를 벗어나서 전차 정류장 앞에 이르렀을 때 두 사람은 서로 얼굴을 바라보고 멈칫멈칫했다.

"바로 댁으로 들어가시겠습니까?"

석진이 말했다. 이렇게 밝은 불 밑에 와서 그의 얼굴을 바라보니 석진의 안색은 질린 것처럼 핼쑥했다. 눈은 얼빠진 사람의 그것처럼 공허해 있고, 얼굴의 전체를 덮고 있는 뭐라 형용할 수 없는 침울한 기색은 그 어떤 예감을 던져 주었다.

"네. 바로 집으로 갈까 해요."

"그럼 저는 여기서 실례하겠습니다. 이 근처의 친구를 한 명 찾아갈 일이 있어서……."

변명처럼 석진은 이렇게 말하더니 모자를 벗어 인사를 하고는 지금의 길을 되짚어 걸어갔다.

애라는 어둠 속에서 비틀거리며 사라져 가는 석진의 뒷모습을 우두커니 바라보고 있으려니 웬일인지 그녀의 머릿속에는 지금 석진이 가고 있는 곳이 결코 친구의 집이 아니고 또 숙희의 무덤을 찾아가는 것이로구나, 하는 생각이 들었다. 그녀는 소리쳐서 석진을 부르고 싶었다. 그러나 어느 사이엔지 석진의 그림자는 어둠 속에서 사라져 버리고 말았다.

애라는 하는 수 없이 혼자 전차를 타고 돌아오면서도 자꾸 석진의 일이 머리에 걸려 견딜 수 없을 것 같았다. 아까 자신과 작별할 때 본 그 공허한 눈빛과 창백한 얼굴! 그것은 결코 한가하게 친구나 만날 만한 심상한 표정이 아니었다. 그는 당장에 자기 앞에 서 있는 애라가 숙희를 그렇게 참혹하게 죽인 장본인이라는 것을 꿈에도 모르고 단지 괴로움과 뉘우침을 견디지 못해 그곳에서 헤어진 것이다.

그렇게 생각하고 보니 애라는 더 한층 가슴이 답답해지며 아까 그때 석진을 대했을 때 왜 모든 것을 자백해 버린 후 사죄를 하지 않았나, 하고 스스로 자기 자신의 비겁함을 탄식했다.

전차가 종로에 이르렀을 때 애라는 갑자기 생각이 난 듯 뛰어내렸다. 다옥정[61]에 있는 그녀의 집으로 바로 가려면 아직도 한 정거장을 더 타고 가야 할 것이지만 그녀는 어쩐지 북적거리는 전차 속의 분위기가 역상(逆上)할 것같이 괴로워졌다. 어디든 호젓한 곳을 혼자 걸어가며 시원한 바람을 쐤으면 마음이 좀 가라앉을 것 같았다.

그러나 초저녁 종로 거리에는 사람들의 행렬이 조수와 같이 흘러가고 있었다. 지나가는 사람의 이목을 어지럽게 하는 쇼윈도와 네온사인의 밑으로 축음기와 라디오 소리가 떠들썩한 대도시의 교향악을 이루고 있었다. 그 속을 사람들은 제각기 바쁘고 행복하게 왕래하고 있었다.

애라는 얼이 빠진 채 이 밝은 광경을 바라보며 H은행 앞까지 오려니 돌연 저편에서 마주 오는 한 명의 낯익은 얼굴을 발견했다.

"아!"

이런 탄식이 갑자기 그녀의 입에서 새어 나왔다. 정신없이 걸어가던 그녀로서는 마치 땅속에서 솟아 나온 것 같은 이 한 명의 얼굴을 가까운 거리에서 마주하니 기절할 정도로 놀란 것도 무리는 아니었다.

검은 소프트 모자[62]를 깊숙이 눌러쓰고 사무직다운 커

61) 지금의 서울시 중구 다동

다란 손가방을 옆에 낀 그 사나이의 훤칠한 키가 거대한 괴물처럼 애라의 눈앞을 압박했다. 그녀는 그만 급작스럽게 그대로 머리를 숙인 채 도망을 치듯 그 사나이의 옆을 지나쳤다. 그러고는 미친 듯 뛰어갔다.

그러나 대여섯 간쯤 가다가 애라는 걸음을 멈추고 혹시나 하는 생각에 뒤를 돌아보았다. 그랬더니 아니나 다를까, 그 사나이도 걸음을 멈추고 역시 이쪽을 바라보고 서 있는 것이 아닌가.

애라는 그만 무슨 진저리칠 만한 것을 바라본 것처럼 몸을 돌려 걸음을 빨리했다. 그녀는 헐떡거리며 걸어가면서 속으로 '그 사나이도 분명 나를 알아본 것이다. 아아……' 하고 부르짖었다.

그녀는 그만 가슴이 떨리고 겁이 나 눈물이 나올 것 같았다. 이 무슨 기막힌 우연인가? 숙희의 무덤을 찾아갔다 오는 이 길에서 하필 그 사나이를 만나게 되다니.

다옥정 집으로 돌아가는 골목쟁이[63]를 들어섰을 때 애라는 자신의 등 뒤에서 뚜벅뚜벅 간격을 맞춰 따라오는 남자의 발걸음 소리를 들었다. 그 소리를 듣자니 그녀는 그만 모든 것이 끝이로구나 하는 생각이 들었다. 자신의 죄악이 이제야 탄로될 뿐 아니라 저 사나이가 장차 어떤 행동을 취할지 그것이 견딜 수 없을 만큼 무서웠다.

62) 테두리가 넓은 직물 모자
63) 골목에서 좀 더 깊숙이 들어간 좁은 곳

그녀는 모든 사물을 판단할 경황도 없이 헐떡거리며 뛰어갔다.

애라가 자신의 집 앞에 도착해서 다시 한번 뒤를 돌아보니 여전히 그 사나이는 십여 간쯤 떨어져 있는 저편 전신주 밑에 서서 우두커니 이쪽을 바라보고 서 있었다. 그녀는 정신없이 대문을 닫아걸고 빗장을 지른 후에 두근거리는 가슴을 진정하려는 듯 한참 동안이나 대문 안에 서 있었다. 그렇게 있으려니 아까, 아마 그 사나이의 발걸음 소리인 듯한 뚜벅뚜벅하는 남자의 발걸음 소리가 바로 대문 밖까지 와서는 뚝 멈춘 채 무엇을 살피는 듯 잠시 동안 움직임이 없었다.

애라는 그만 눈앞이 캄캄해지는 것 같아 금방 그 자리에 털썩 주저앉을 것처럼 전신의 맥이 풀렸다. 지금 이 대문 한 겹 사이로 묵묵히 서 있는 저 사나이는 과연 어떤 생각을 가지고 그녀의 뒤를 따라와서 무엇을 알고자 하는 것일까? 그것을 생각하니 온몸이 사시나무 떨리듯 하며 심장의 고동 소리가 두 귀에 쿵쿵 미치는 것 같았다. 그녀는 도망을 치듯 대문 안을 떠나 자신의 방으로 들어갔다.

그녀는 방 안에 들어간 후에도 외투는 벗을 생각도 없이 마치 넋이 나간 사람처럼 멀거니 서 있었다. 무엇이든 조리 있게 생각을 하기에는 그녀의 머릿속은 너무도 혼란하고 흥분이 되어 있었다. 그녀는 부질없이 허둥거리며 초조하기만 했다.

"아가씨, 이제야 오셨어요. 저녁상 들여올까요."

어느 틈에 알았는지 방문이 바스스 열리며 어멈이 기웃거리며 들여다보고 이렇게 말했다. 그러나 애라는 장승처럼 선 채 대답이 없었다.

"아이고머니! 아가씨, 웬일이세요. 얼굴이 핼쑥하게 질려서……. 어디 편찮으세요?"

기겁할 것처럼 어멈이 놀라는 바람에 애라는 비로소 정신을 차렸다.

"아니, 뭐 아픈 곳은 없지만……."

그녀는 이렇게 말했다.

"저 안에 영감마님과 마님 모두 계신가?"

애라가 물었다.

"네. 모두 계세요. 하지만 아가씨, 이게 무슨 일이세요."

"나는, 나는 아무렇지도 않으니 걱정 말고 저 안에 들어가서 내가 기색이 어떻더란 이야기는 행여 하지 말게. 어멈, 알겠지?"

"네. 알겠어요. 하지만 어디 편찮으시면 진작 보살펴야지 그대로 숨겨 두었다가는 나중에 영감마님이나 마님께서 아시면 꾸중을 하실 겁니다."

"글쎄, 그건 내가 모두 알아서 할게. 걱정 말고 어서 들어가."

"저녁 진지는 어떻게 할까요."

"생각 없으니 됐어."

이렇게 말하며 쫓아 버리듯 어멈을 내보내고는 방문을 닫았다. 그리고 외투를 벗어 되는대로 윗목에 집어 던진 뒤 쓰러지듯 방바닥에 엎드렸다.

"아아, 모든 것이 파멸이야."

이런 생각이 무서운 회오리바람처럼 그녀의 머릿속을 지나가자 그녀는 갑자기 몸부림이라도 치며 울고 싶은 충동을 느꼈다. 지금 저 사나이가 자신을 발견하고 또 자신의 집을 안 이상 그대로 있을 리는 없을 것이다. 반드시 그의 입으로부터 모든 것이 폭로되어 자신이 숙희의 이름으로 저 사나이와 관계를 맺은 것이라든지, 그것 때문에 숙희가 죽은 것이라든지, 이런 것들이 죄다 탄로가 날 것이다. 그렇게 되면 어머니와 아버지, 또는 가엾은 숙희의 아버지나 이석진 씨나 그 외 모든 세상 사람들이 자신을 얼마나 욕하며 손가락질을 할 것인가? 그 무서운 모욕과 가책 속에서 견뎌야 할 자신의 앞일을 생각하니 그녀는 참을 수 없이 두려웠다. 이제까지 자랑스럽게 지켜 오던 처녀의 자존심도 그 앞에는 한낱 하찮은 존재로 무너져 버린 것이다.

"아아, 파멸이다. 모든 것이 이제는 파멸이야. 오직 남아 있는 마지막 길은 이 무서운 죄를 대신하기 위해 스스로 목숨을 끊거나, 아니면 모욕을 참아가면서라도 내 잘못을 참회하는 것 외에는 별도리가 없어."

이렇게 혼자 중얼거리는 그녀의 두 눈에서는 회한의 눈

물이 줄줄 흘러내렸다.

“그래. 참회하자. 숙희 아버지에게, 이석진 씨에게, 그리고 어머니와 아버지에게 모든 것을 떳떳하게 참회하자. 그렇게 하면 죽더라도 이렇게 괴롭지는 않을 거야.”

그렇게 생각하니 그녀는 눈물이 흐르는 중에도 어쩐지 조금 마음이 놓이는 것 같았다.

사랑과 죄

애라는 이튿날 아침 평소와 다름없이 일찍 일어나서 세수를 하고 화장을 한 뒤 그 전과 조금도 변함이 없는 평온한 태도로 아침상을 받으러 안방으로 들어갔다. 그러나 사실 그녀는 어젯밤에 한잠도 자지 못하고 눈을 뜬 채 꼬박 밤을 샜다. 이런 생각 저런 생각이 순서 없이 그녀의 마음을 헤매도록 만들었다. 구차하게 살아서 그 무서운 지탄과 모욕 속에서 견뎌야 할 것인가? 그렇지 않으면 죽어서 모든 죄를 떳떳하게 사과해야 할 것인가? 이 두 가지 길의 분기점에 서서 그녀는 밤새도록 주저했다. 죄가 무서운 것이 아닌 것은 아니지만, 그녀에게는 생(生)에 대한 집착도 적지 않았다. 그녀에게는 돈이 있고, 자유가 있고, 행복과 희망에 대한 약속이 있는 몸이었다. 그러나 양심과 가책의 앞에서는 금전도, 자유도, 행복도, 희망도 아무런 소용이 없었다. 그녀는 결국 모든 것을 깨끗하게 청산해 버린 후 자살을 결심했다.

먼저 이석진을 만나서 그에게 모든 것을 자백할 것이다. 그렇게 하면 그 사나이는 물론 그녀의 잘못을 책망하든지 욕하든지 할 것이다. 그것은 이미 각오한 일이다. 그런 후 어머니와 아버지, 그리고 숙희 아버지에게 모든 전말을 자세히 적어 보낸 뒤 죽어 버리자! 그렇다. 그렇게 하는 수밖에는 별도리가 없다.

이렇게 결심을 해 놓고 보니 그녀는 도리어 마음이 가라앉고 편해지는 것 같았다. 그래서 그녀는 평소처럼 안방으로 아침상을 받으러 들어간 것이다.

"어제저녁에는 어디를 갔었니?"

아랫목 보료 위에 비스듬히 앉았다가 아무 말 없이 상머리에 와 앉는 애라를 힐끗 바라본 아버지가 잠깐 눈살을 찌푸리며 입을 열었다.

"저……. 친구 집에 갔다가 좀 늦었어요."

고개를 숙인 채 이렇게 대답하는 애라의 목소리는 맥없는 사람처럼 힘이 없었다.

"친구 집? 글쎄 너도 생각 좀 해 보거라. 아무리 세태가 흉허물 없는 시대라고는 해도 출가 전의 처녀가 그렇게 헤프게 돌아다니는 법이 어디 있냐. 너도 장차 출가할 몸이라는 것을 염두에 두었다면 평소 소행에 대해서도 조심해야 할 것이 아니냐."

아버지는 이 응석받이로 자라서 조심성이라고는 조금도 없는 말괄량이 딸을 어떻게 해야 할지 알 수 없다는 듯 혀를 찼다.

그러나 애라는 고개를 숙인 채 기계적으로 숟가락을 들었다 놨다 할 뿐 대답은 하지 않았다.

"아이, 글쎄 영감두. 그만 내버려 둬요. 꼭 밥상 받을 때마다 잔소리를 하니 애라고 좋을 까닭이 있소."

담뱃대 두드리는 것과 하인들을 총괄하고, 딸자식을 귀하게 여기는 것 외에는 아무것도 모르는 듯한 애라의 어머니가 옆에 앉아 있다가 역성을 들었다.

"마누라는 가만히 앉아 있소. 딸자식 역성도 들 때가 있는 것이지 덮어놓고 귀여워하기만 하면 되는 줄 아오?"

영감은 핀잔처럼 이렇게 마누라를 흘겨보았다.

"그래. 애라야, 너 어제 정말 친구의 집에서 놀다가 바로 집으로 들어왔느냐?"

"……."

"대답을 해라."

"……."

"계집애가 어떻게 품행을 하고 다녔기에 어제도 어떤 사나이가 너의 뒤를 따라와서 몇 시간씩 대문 밖에서 기다리다가 갔다는데, 그게 대체 어떻게 된 일이냐? 너도 조금이라도 지각이 있다면 조심이라는 것을 할 게 아니냐. 그 이야기가 집안 하인들 사이에 파다하니 그런 소문이

한 입 건너 두 입 건너 남의 귀에 들어가 보아라. 어미 아비의 낯도 낯이려니와 네 꼴은 뭐가 될 것 같으냐."

애라는 아버지에게서 이런 책망을 들으며 앉아 있으려니 어쩐지 자신이 결심한 것을 더욱더 재촉하는 것처럼 들렸다. 그녀는 그만 그 자리에 더 앉아 있기가 괴롭다는 듯 상을 밀어 놓고 안방에서 뛰어나왔다.

"글쎄, 영감두. 그깟 이야기를 뭘 믿고 공연히 야단이란 말이에요. 요새 젊은 녀석들이란 계집애 궁둥이 따라다니기를 큰일로 삼고 다닌다는데, 애매한 애라만 가지고 야단을 치니 그 앤들 좋아할 까닭이 있겠어요?"

"아무것도 모르면 마누라는 가만히 있어요."

"듣기 싫어요. 꼭 밥상머리마다 그 애를 가지고 잔소리를 하니 그게 뭐에요?"

애라가 나간 뒤 안방에서는 영감 내외의 다투는 소리가 들려왔다.

애라는 자기 방에 돌아온 후 잠깐 책상머리 앞에 망연히 앉아 있었다. 이렇게까지 사태가 되어 버린 이상 자신이 취할 길은 이미 결정되어 있는 것이다. 그녀는 양미간에 구슬프고 애달픈 결심의 빛을 띠고 책상에 엎드려 석 장의 편지를 썼다. 한 장은 아버지에게, 한 장은 어머니에게, 그리고 또 한 장은 숙희의 아버지에게 보내는 편지였다. 그 내용은 세 가지가 모두 대동소이한 것으로 자신이 숙희의 이름으로 최영호라는 남자와 관계를 가진 것을 상세하게 자백한 후 자신은 양심에 가책을 견디지 못해 자살한다는 것이었다.

애라는 그것을 석 장의 봉투에 나누어 넣고 정성스럽게 봉한 후 가슴속에 품었다. 그런 후 외투를 입고 거울 앞에 서서 다시금 자신의 모습을 유심히 들여다보았다. 낯익은 책상과 책장, 그리고 자신의 손때에 곱게 길이 든 화장대라든지, 아침저녁으로 바라보고 사랑하던 모든 물건이 새삼스럽게도 가슴속에 애틋한 느낌을 주었다.

"이것이 마지막이로구나! 오! 내가 사랑하던 큐피트야!"

애라는 이렇게 생각하며 책상 위에 얹어 놓았던 작은 인형을 꺼내 빰에 대어 보는데 저절로 눈물이 흘러나왔다. 그녀는 한참 동안 마치 정말 정이 든 동무하고 작별이나 하듯 가슴속이 벅차올랐다. 이윽고 눈물을 씻은 후 인형을 이전과 같이 제자리에 놓은 후 방을 나오려니 마침 들어오려던 어머니와 딱 마주쳤다.

"얘, 숙희야! 아침도 안 먹고 어디를 가려고."

어머니는 애라의 얼굴 위에 눈물 흔적이 남아 있는 것을 보고 깜짝 놀랐다.

"아니에요. 금방 들어올게요."

"글쎄, 얘야. 아버지가 그까짓 꾸중 좀 하셨기로 뭘 그런단 말이냐. 계집애 성미도 참 까다롭다. 자, 어미의 낯을 봐서라도 어서 안에 들어가서 아침을 먹자."

아무것도 모르는 어머니는 애라가 아버지에게 책망을

들은 것을 서운하게 생각하고 또 예의 성질을 부리는 게로구나, 생각하며 이렇게 달래 보았다. 어머니의 그 자애로운 심정이 더 한층 애라의 마음을 흔들어 놓았다. 그러나 가슴속에 무서운 결심을 품은 그녀는 입술을 깨물고 참았다.

"그래서 그러는 게 아니에요. 오늘 아침에 꼭 좀 만나자고 약속한 친구가 있으니 잠깐 다녀올게요."

애라는 굳이 붙잡는 어머니를 뿌리치고 도망치듯 대문 밖으로 뛰어나오려니 싸늘한 아침 공기 속에 뺨 위로 선득하게 미끄러져 떨어지는 눈물방울의 촉감이 느껴졌다. 그녀는 얼른 장갑을 낀 손으로 눈물을 닦고 청계천 천변을 끼고 정처 없이 걸어갔다.

꽤 추운 아침이었다. 초가지붕 위에 하얗게 앉은 서릿발이 아침 햇살을 받아 눈이 부시게 반사되고 있는데 냇가 샘터에는 벌써 표모(漂母)[64]들이 새빨갛게 언 손을 불어 가며 빨래를 하고 있었다. 투드락 투드락 하고 끊어졌다 들려오는 그 불규칙적인 소리가 애라의 머릿속에 공허한 반향을 일으켜 주었다. 그녀는 잠깐 걸음을 멈추고 우두커니 서서 묵묵히 표모들의 빨래하는 모습을 바라보고 있으려니 갑자기 자신이 이석진을 만나 봐야 할 몸이라는 생각이 들었다. 그것이 그녀가 예정한 프로그램 중 하나였다.

64) 빨래하는 늙은 여자

그러나 대체 이석진을 어떻게 하면 만날 수가 있으며, 또 만나 본다고 해야 차마 어떻게 그를 대면해서 그 무서운 자백을 할 수 있을까, 하고 망설여졌다. 사실 그것은 애라에게 죽음보다도 더 두려운 가책이었다. 숙희를 사랑함이 지극한 그이였던 만큼 그 반동으로 자신의 고백을 듣고 자신을 천 갑절 만 갑절 더 미워하고 더럽게 생각할 것이다. 응당 그는 자신에게 침이라도 뱉고 욕이라도 할지 알 수 없었다.

그러나 그까짓 것이 다 무엇인가? 자신은 죽기를 결심한 몸이 아니냐? 그만한 모욕쯤은 이미 각오한 몸이 아닌가? 애라는 어깨를 으쓱하며 자기 자신의 비굴하고 나약함을 스스로 냉소하는 듯 입술을 찡그렸다.

그녀는 이석진이 ○○신문사에 근무하는 것을 숙희에게 들어서 알고 있었다. 그녀는 추운 바람이 외투 자락을 휘날리는 천변을 끼고 광교 모퉁이를 돌아서 종로를 향해 걸어 올라갔다.

애라는 ○○신문사 앞에 당도하여 수위에게 이석진을 찾았다. 그제야 겨우 출근해서 무엇인지 서류와 편지들을 정리하고 있던 늙은 수위는 잠시 애라의 행색을 살펴보더니 말했다.

"아직 안 들어오셨습니다."

"몇 시쯤 출근하시나요?"

"글쎄요. 외근을 맡아서 하시니 출근 시간을 알 수 없습니다만…….”

이렇게 말하며 머리를 긁적거렸다.

“참, 이석진 씨는 요새 신병의 문제로 인해 이삼일째 출근을 못 하고 계십니다. 혹시 오늘도 못 나오실 수 있으니 대단히 긴급한 일이시거든 댁으로 찾아뵙는 것이 좋을 것 같습니다.”

“뭐 썩 급한 일은 아닌데……. 어쨌든 이석진 씨 댁이 어딘데요?”

“○○동 ○○○번지입니다.”

수위가 가르쳐 준 주소는 신문사에서도 그리 먼 곳은 아니었다. 그녀는 이석진이 신문사에 없는 것이 어쩐지 한편으로는 잘된 것 같아 야릇한 기분을 느끼고는 안심을 하며 거리로 나왔다.

이 길로 바로 이석진 집을 찾아가야 할 것인가 하는 생각이 또다시 그녀를 잠깐 거리 위에서 주저하게 만들었다. 며칠씩 신문사에도 들어오지 못한다는 것으로 보아 그가 이번 일로 인해서 얼마나 상심하고 있는지 알 수 있었다. 더구나 어제저녁에는 늦게 들어갔을 테니 어쩌면 지금쯤은 집에 있을 듯한데 그렇다고 자신과 친하지도 않은 사나이의 집을 방문한다는 것이 무척 어색한 생각이 들었다.

그래서 그녀는 어떻게 해야 좋을지 알 수 없는 듯 망설인 것이었다.

하지만 젊은 여자의 몸으로서 사람의 왕래가 번잡한 길거리 위에 멀거니 서 있을 수도 없는 노릇이었다.

"하여간……."

이런 생각으로 신문사 수위가 가르쳐 준 이석진의 주소를 향해 걸음을 옮겼다.

인사동 골목을 빠져나와서 탑골공원 앞까지 당도하려던 그녀는 뜻밖에도 전차 정류장 앞에서 아마 전차를 기다리고 있는 듯한 이석진의 뒷모습을 발견했다. 그것은 참으로 우연한 일이었다. 자신은 급히 지금 그를 만나 보러 가는 길이지만 막상 그와 마주하니 가슴이 덜컥 내려앉으며 그만 그대로 모르는 척 지나쳐 버릴까 하는 생각이 들었다. 그러나 그녀는 마음을 다잡고 석진에게 가까이 갔다.

"석진 씨!"

애라가 불렀다.

뭔가를 생각하고 있었는지, 아니 아마 아무것도 생각 없이 서 있던 사람처럼 석진은 문득 고개를 돌아보았다.

"이거 참, 애라 씨가 아닙니까?"

그도 사실 조금 놀란 모양이었다.

여전히 검은 소프트 모자, 검은 외투, 선병질(腺病質)[65]로 생긴 핼쑥한 얼굴 한가운데에서 유난히도 때꾼[66]해

65) 약한 체질
66) 눈이 쏙 들어가고 생기가 없음.

보이는 두 눈만이 어제보다 더 한층 방심한 시선을 던지고 있는 것 같았다. 애라는 그 시선을 마주 바라보려니 그만 눈이 부신 것 같아 고개를 숙였다.

"그런데 대체 어디를 이렇게 일찍 가시는 길입니까?"

"저……. 선생님을 만나 뵈러 지금 막 선생님 댁으로 찾아가는 길이었는데……. 잘됐어요."

"저를요?"

석진이 미심쩍게 반문했다.

"네."

애라는 대답을 했지만 더 말을 계속하기가 무서웠다.

"거참, 자칫 못 뵐 뻔했습니다. 마침 여기서 만난 게 다행이지요. 대체 무슨 일입니까?"

"좀 조용히 뵙고 드릴 말씀이 있는데……. 이렇게 길에서 말씀드리기는 어렵고……. 그런데 지금 신문사로 들어가시는 길이세요?"

"아뇨. 몸도 좀 불편해서 오늘 출근하지 않겠다고 전화를 해 놨습니다."

"그럼 잠깐 어디든 조용한 곳에서 뵙는 게 어때요?"

"글쎄요."

석진은 애라의 심상치 않은 태도에 조금 어리둥절한 듯 주저했다.

"그럼, 어쨌든 이리 오십시오."

그는 앞서서 걸어갔다.

애라는 묵묵히 그의 뒤를 따라가면서 이 사나이가 조금 뒤에 자신에게서 모든 이야기를 듣고 어떤 태도를 가질지 그것을 상상하니 가슴속이 떨렸다.

오전의 티룸은 한산했다. 석진과 애라가 문을 밀고 들어선 이 조그만 찻집에도 사람의 그림자는 없었다. 지금 막 가게를 열었는지 저편 카운터 앞에서 단지 한 명의 흰 유니폼을 입은 보이가 찻잔을 닦고 있는 중이었다.

간단하게 두 잔의 차를 주문한 후 그들은 한참 동안 서로 말없이 테이블을 마주하고 앉아 있었다. 애라가 이렇게 일부러 석진을 찾아보려 하는 이면에는 반드시 용이하지 아니한 이야기가 있을 듯한 예감이 문득 석진을 긴장하게 만들었다.

갓 불을 피워 놓은 듯한 난로에서는 석탄 타는 소리가 황황히 들렸다. 실내의 공기는 봄날의 그것처럼 얼었던 두 사람의 몸을 포근하게 녹여 주었다.

"오늘 아침은 매우 춥던데요."

보이가 갖다 놓은 찻잔을 후후 불어 가며 마시고 있던 석진이 문득 생각난 것처럼 입을 열었다.

"네. 무척 추웠어요. 지붕에 서릿발이 하얗더데요."

"그런데 애라 씨는 어제저녁 뵐 때보다 더 얼굴이 말이 아니신데 어디 편찮으신지."

"아니, 뭐 불편한 곳은 없는데……."

이렇게 말하며 애라는 입술 위에 쓸쓸한 미소를 띠어 보

• 다방 낙랑파라 실내 모습(1930년대)

이더니 그만 고개를 숙여 버렸다.

석진은 묵묵히 애라의 머리 너머로 들여다보이는 하얀 목덜미를 바라보고 있으려니 이 여자는 어여쁜 여자로구나, 하는 생각이 들었다. 어제저녁 숙희의 무덤 앞에서 만났을 때는 날도 이미 저물었고, 또 자기로서는 흥분이 되어 있었기 때문에 그런 것을 생각해 볼 경황이 없었지만 지금 이렇게 밝은 곳에서 만나 보니 얼굴이라든지 몸매라든지, 또는 의복이나 작은 장식품까지 모든 것이 세련된 아름다움을 가지고 있었다. 그 아름다움은 석진이가 일찍이 숙희에게서 보지 못했던 대담한 아름다움이었다. 숙희의 아름다움은 선천적으로 타고난 아름다움이었다. 그러나 애라의 아름다움은 대담하게 도전적이요 고혹적인 곳에 있었다. 그것을 꽃에 비교한다면 숙희의 아름다움은 깊은 산속에 숨어 있는 백합꽃 같고, 애라의 아름다움은 뜰 앞에 만발한 달리아 같다고나 할까. 석진은 무의식중에 이러한 생각을 하며 앉아 있었다.

그때 지금까지 고개를 숙이고 있던 애라가 문득 얼굴을 들었다.

"석진 씨, 제가 오늘 석진 씨를 찾아뵙고자 한 것은 꼭 드릴 말이 있어서 그래요. 그러나 석진 씨는 저의 이야기를 들으신 뒤 저를 결코 용서하지는 않으시겠죠."

애원하는 듯 이렇게 입을 열며 사나이를 건너다보는 애라의 두 눈에는 벌써 눈물이 글썽거려 있었다.

석진은 애라의 뜻하지 않은 행동에 놀란 듯 눈을 휘둥그렇게 떴다.

"용서……라고요? 제가 무슨 애라 씨에게 용서할 자격이 있나요."

"석진 씨는 아직 아무것도 모르셔서 그래요. 제 이야기를 들으시면 반드시 용서하지 못할 여자라고 생각하실 겁니다."

"허, 그렇게 큰 죄를 애라 씨가 졌다고요? 저는 아무리 생각해도 알 수 없는 일인데요."

석진은 애라의 태도가 너무 이상스러운 것에 조금 질린 듯 주저했다.

"네. 저는 큰 죄를 저질렀어요. 무서운 죄를 저질렀죠. 석진 씨가 아무리 관대해도 제 이야기를 들으시면 당장 저를 못된 년이라고 욕하실 거예요. 아……."

애라는 이렇게 말하며 견딜 수 없다는 듯 테이블에 엎드려 흐느끼기 시작했다.

석진은 도대체 이게 어떻게 된 일인지 어리둥절했다. 애라가 자신에게 죄를 지었다면 무슨 죄를 지었고, 얼마나 큰 죄를 지었단 말인가? 젊은 여자가 자존심으로 봐서라도 이렇게 친하지 않은 자신의 앞에서 우는 것을 보면 그 내막에 중대한 무엇이 있는 모양이지만 석진은 그것을 짐작할 수 없었다.

그러나 석진은 이렇게 말했다.

"용서해 드리지요. 애라 씨가 만약 제게 용서를 할 자격을 주신다면 저는 맹세코 용서해 드리지요."

"석진 씨! 그게 정말인가요?"

애라는 갑자기 엎드렸던 테이블에서 고개를 들며 석진을 바라보았다. 얼굴에 단호한 결심의 빛을 띤 중에도 동정이 가득한 눈치로 자신을 내려다보고 있는 석진의 시선과 마주치자니 애라는 또다시 새로운 회한이 복받쳐 오르는 듯 다시 테이블에 쓰러졌다.

"아아, 저는 참으로 나쁜 년이에요. 무서운 죄를 저지른 년이죠."

그녀는 흐느끼며 말했다.

석진은 말없이 애라의 우는 모습을 보고 있으려니 무슨 까닭인지 가엽다는 생각이 들었다. 그것은 단순히 제삼자의 동정이 아닌 그것을 초월한 어떤 따뜻한 동정이었다. 그는 설사 애라가 자신에게 어떤 무서운 죄를 지었다 하더라도 단연코 용서하리라 맹세했다.

"애라 씨! 어쨌든 제게 이야기를 들려주시죠. 저는 애라 씨가 어떤 죄를 지었더라도 그것을 가리지 않겠습니다."

사실 그것은 그때 석진의 숨김없는 진심이었다.

"저는 석진 씨에게 무슨 동정이나 용서를 받기 위해 이러는 것은 아니에요. 이야기를 들으신 뒤 저를 이 자리에서 욕해도 좋고, 침을 뱉어도 좋아요. 저는 단지 제가 저지른 죄가 스스로 생각해도 너무 무서워서 이러는 것이에요."

애라는 이렇게 말하더니 별안간 고개를 번쩍 들고 석진을 마주 보았다.

"네. 이야기를 해 드리지요."

그녀는 눈물을 씻었다.

"아마 석진 씨는 이번에 숙희가 누구 때문에 죽었는지 정말로 원인은 모르시지요?"

"숙희 씨가 죽은 정말 원인이요?"

"석진 씨는 숙희가 애매한 누명 때문에 생목숨을 끊은 것만은 아시겠지만 그 누명이 누구 때문에 숙희에게 돌아갔는지 그건 모르실 겁니다. 숙희에게 그 누명을 씌워서 자살하게 만든 사람은 바로 여기 앉아 있는 저 때문이에요. 이 애라 때문이요."

"애라 씨가?"

사실 석진도 그 말에는 놀라운 듯 눈을 커다랗게 뜨고 애라를 쏘아보았다. 이것이 무슨 소리인가? 사실 자신도 지금은 숙희를 의심했던 것을 후회하고 있는 몸이지만, 그렇다고 그 원인이 애라에게 있다니……. 그는 어쩐지 풀 수 없는 수수께끼를 대하는 것처럼 혼란스러웠다.

"애라 씨, 어서 말씀해 주세요. 도대체 이게 어떻게 된 일입니까?"

이렇게 말하는 석진의 목소리는 조급하면서도 떨렸다.

"사실 제가 숙희의 행세를 하고 지난여름 삼방에서 어떤 사나이와 관계를 맺었어요. 그런데 그것이 나중에 가서 그렇게 무서운 죄가 될 줄은 꿈에도 몰랐지요."

애라는 처음부터 이야기를 꺼냈다.

지난여름 삼방에서 숙희와 한 여관에 묵고 있을 때 조그만 객기로 최영호라는 사나이와 관계를 맺게 된 것과 또 자신으로서는 무의식중에 한 한마디 거짓말이 우연히도 숙희의 이름을 갖다 댄 것, 그리고 그 뒤에 자신은 자신이 생각해도 저지른 일이 무서워서 바로 서울로 온 것이라든지 모든 것을 숨김없이 이야기했다. 그리고 사실 숙희는 자신이 그런 짓을 하고 서울로 간 줄은 꿈에도 몰랐을 것이라고 말했다.

석진에게는 정말로 놀라운 고백이었다. 그는 애라의 이야기를 듣고 난 뒤에도 한참 동안이나 석상처럼 묵묵히 앉아 있었다.

처음 석진은 숙희의 아버지에게 숙희가 자살했다는 말을 듣고 그때 벌써 숙희의 결백을 깨달았다. 이것은 그 누구의 계획적 중상이거나 그렇지 않으면 자신들의 사이를 이간질하려는 자의 짓인 줄도 알았다. 그러나 그것이 누구의 짓이며 어떻게 된 일인지 그것만은 알지 못하고 있었다. 그러던 참에 이제 애라에게서 모든 사실을 듣고 보니 자신늘에게 이 기막힌 불행을 준 장본인이 당장 자신의 앞에 앉아 있는 애라였던 것이다.

석진은 애라에게 어떤 죄를 지었더라도 용서해 주겠다고 맹세했다. 그러나 그 죄라는 것이 설마 이렇게도 무서운 것인 줄은 꿈에도 상상하지 못했다. 이 여자의 작은 장난 같은 객기가 자신의 둘도 없이 사랑하는 숙희를 그렇게도 참혹하게 죽인 생각을 하면 그는 당장에 애라의 뺨이라도 후려갈겨 버리고 싶은 충동을 억제할 수 없었다. 숙희의 죽음이 얼마나 기막힌 죽음인가? 억울한 죽음인가? 그리고 그 때문에 현재 자신이 느끼고 있는 정신적 고통이 얼마나 큰 것인가? 그것은 모두 이 친구를 팔고 의리를 등진 한낱 계집애의 짓인 것이다. 가증스럽다든지 괘씸하다고 여기기에는 너무도 지나친 그녀의 죄를 생각하면 이 여자에게 어떤 보복을 해야 좋을지 알 수 없었다. 석진은 묵묵히 새파랗게 질린 입술을 빨며 천정을 쳐다보고 있었다. 그는 가슴속에서 날뛰는 무서운 충동을 억제하기에는 어지간히 자제력이 필요했다.

"자! 석진 씨, 저를 마음대로 처리해 주세요. 죽이든, 때리든, 마음대로 하세요. 저는 석진 씨에게 어떤 일을 당하든 조금도 원망하지 않으려 합니다."

애라는 마지막으로 이렇게 말하며 석진을 쳐다보았다.

그러나 말없이 천장만 쳐다보고 있던 석진은 갑자기 애라의 손목을 덥석 잡았다.

"아아, 애라 씨. 나는 애라 씨를 원망하지 않으려 합니다. 모든 것이 운명이지요. 청춘의 죄입니다."

그는 이렇게 말하며 눈물을 흘렸다.

애라는 이 뜻하지 않은 행동에 얼어붙은 듯 물끄러미 상대를 건너보았다. 이것이 웬일인가? 과연 이것이 석진의 진심인가, 그녀는 의심했다.

"나는 아무도 원망하지 않으려 합니다. 애라 씨나, 저나, 모두 젊은 탓이지요. 너무도 다정다한(多情多恨)한 탓입니다."

이렇게 말하는 석진의 목소리는 떨리고 있었다.

애라는 어쩐지 꿈을 꾸고 있는 것 같았다. 석진의 태도가 예상 밖에도 이렇게 감상적일 줄은 몰랐던 것이다. 그런 모습을 보니 더 한층 석진이 눈물을 흘려 가며 이해해 주는 그 마음씨가 그리워졌다. 애라는 그만 석진의 가슴에 매달리고 싶은 충동을 느꼈다.

"석진 씨, 정말 저를 용서해 주실 건가요."

"용서해 드리지요. 안심하세요. 지금 애라 씨가 제게 해 주신 이야기는 가슴속에 저 혼자만 품어 둘 테니 그 점은 조금도 염려 마십시오. 그리고 행여나 불길한 결심을 하신다든지, 다른 사람에게 자백할 생각을 하지 마세요. 저는 애라 씨를 조금도 나쁘게 생각하지 않습니다."

석진은 잡고 있던 애라의 손목을 힘 있게 쥐었다. 애라도 같이 힘을 주었다. 마주 잡고 있는 손목과 손목 그 사이에는 젊고 다정한 사람들 사이에 이해할 수 있는 그 어떤 공통의 감정이 교류하고 있었다.

애라는 석진이 뜻밖에도 자신에게 지나치게 관대한 것을 보자니 갑자기 처음 결심해 두었던 모든 것이 뒤흔들리는 것 같았다. 자신은 석진에게 모든 것을 자백해 버린 후 그 길로 어떤 행동을 취하려고 했던가? 가슴속에 품고 나온 석 장의 유서—그것은 자신의 아버지, 어머니와 그리고 숙희의 아버지 백은 선생에게 보낼 것이었다—를 투함(投函)[67]한 뒤 그 길로 숙희의 뒤를 따라가리라고 결심한 몸이 아니었던가? 그런데도 불구하고 이 다정한 석진은 그녀의 죄를 책망하기는커녕 도리어 그녀의 처지를 눈물을 흘려 가며 타일러 주고 있었다.

"애라 씨, 지금 애라 씨가 제게 이야기해 주신 것은 저의 인격에 맹세하여 결코 비밀을 지켜 드릴 테니 애라 씨께서도 행여나 섣부른 자백을 하지 마십시오. 세상에는 그보다 더 무서운 죄를 저지르고도 뻔뻔스럽게 살아가는 인간들이 얼마든지 있습니다. 그러나 애라 씨의 소위 죄라는 것은 생각하면 그 무슨 죄가 될 것이 있겠습니까? 작은 과실이라기보다도 운명의 장난이지요. 그것을 세상 사람들에게 공개해서 스스로 전정(前程)이 많은 젊은 몸을 망쳐 놓는 것은 한낱 어리석은 짓에 지나지 않습니다. 애라 씨! 애라 씨가 정말로 죽은 숙희를 위해 뉘우치는 마음이 있다면 이 석진의 의견을 좇아 훌륭하게 살아가면서라도 얼마든지 죄를 갚아 나갈 길이 있지 않겠습니까?"

이렇게 말하는 석진의 목소리 속에는 눈물이 어린 중에도 일맥의 따뜻한 인정이 애라의 가슴을 쳤다.

67) 우체통 따위에 넣는 일

"석진 씨, 그게 정말인가요?"

"네. 진심입니다. 저는 애라 씨가 제게 이런 고백을 하기까지 어떤 결심을 하고 계신 것을 알고 있습니다. 그러나 그것이 결코 현명한 방법은 아닙니다. 애라 씨는 젊고 아름답고 유위(有爲)[68]하신 분입니다. 그까짓 일로 소중한 몸을 망친다는 것은 너무 경솔한 것 같습니다."

"그럼 어떻게 해요. 저는 차마 그런 무서운 죄를 저지르고도 자신을 속이고 세상을 속이며 천연덕스럽게 살아갈 수 없을 것 같아요."

"아닙니다. 사람이란 사는 것이 본능인 이상 우선 어떠한 일이라도 살아 놓고 볼 일입니다. 다 같이 사는 것도 살아가는 나름입니다. 애라 씨는 이제부터 참되게, 바르게 살아 나갈 준비를 하셔야 합니다."

석진은 마치 손아래 누이동생을 타이르듯 이렇게 말하며 애라의 얼굴을 지그시 들여다보고 있었다. 그러다 그는 갑자기 앉아 있던 자리에서 일어섰다.

"자, 저는 좀 볼일이 있어서 먼저 실례하겠습니다. 그러나 애라 씨, 지금 제가 한 말은 반드시 명심해 두셔야 합니다."

이렇게 말하고는 모자를 집어 쓰고 그대로 찻집을 나가 버렸다. 애라는 석진을 보낸 뒤 한참 동안이나 넋이 나간 사람처럼 우두커니 쿠션에 몸을 맡기고 앉아 있었다.

석진은 이 자리에 더 앉아 있기가 괴로워서 그만 도망을

68) 능력이 있고 쓸모가 있음.

친 것이다. 그 마음을 생각한다면 물론 기가 막힐 것이다. 그런 중에도 지금 자신에게 들려준 그의 이야기를 생각하면 어떤가? 애라는 어쩐지 석진이 무척 거룩한 존재처럼 생각됐다.

과연 석진의 충고를 따라 모든 결심을 돌이킨 후 살아야 할까? 또는 처음 결심했던 대로 모든 것을 결행해야 할까? 그 어떤 길을 취해야 할지 알 수 없었다.

"아아!"

애라는 머리를 싸며 다시 테이블에 엎드려 버렸다.

석진의 충고도 일리는 있었다. 애라처럼 모든 것이 부유하고 행복한 환경에 있는 몸으로서 여간 일에 죽기를 결심하기에는 어려운 일이라고 하지만, 그렇다고 또 죽는다는 것이 모든 죄를 대신한다고 할 수도 없는 것이다. 그러면 석진의 충고대로 구차하고 비굴하게 살아야 하나? 애라는 양심과 본능의 두 가지 틈에 끼어 괴로워하고 헤맸다.

이때 갑자기 조용하던 이 찻집 안에 한 무리의 젊은 사람들이 떠들며 들어서는 바람에 정신없이 앉아 있던 애라는 깜짝 놀라 자리를 일어났다. 어디인지 예술가들 같은 냄새가 나는, 머리를 길게 기르고 수세미[69]가 된 바바리코트를 입은 그들은 마치 자신들의 구락부나 온 것처럼 난로 옆에 가서 턱턱 자리를 잡고 앉았다. 그러고는 이렇게 일찍 혼자 티룸에 와서 유연히 앉아 있을 만한 취미를

69) 심하게 구겨지거나 더러워진 물건을 이르는 말이다.

가진 이 여자가 대체 어떤 여자인가 하는 듯 그들은 한결 같은 호기심 어린 시선을 애라에게 보냈다. 그러나 애라는 그들의 무례한 시선을 거들떠보지 않고 묵묵히 찻집을 나섰다. 문을 밀치고 나설 적에 등 뒤에서 "괜찮은걸!", "누구를 기다리던 모양인가. 하하하하!" 하는 이야기 소리가 쫓아오듯 흘러나왔다.

찻집을 나선 애라는 잠시 거리에 서서 어디로 방향을 정할지 망설였다. 정오를 앞둔 종로 큰 거리는 지금이 한창이라는 듯 붐비고 있다. 전차와 자동차가 베틀처럼 엇갈리고 있는 큰길 양편으로 사람들의 행렬이 마치 조수와 같이 흘러가고 있었다. 애라는 얼이 빠져 이 북적북적하고 복잡한 광경을 바라보고 서 있으려니 돌연 그녀의 맞은편 보도 옆에 심어 놓은 아까시나무 밑에 서서 자신을 응시하고 있는 한 명의 남자를 발견했다. 검은 소프트 모자의 챙을 내려 깊숙이 눌러쓰고 외투 깃을 세워서 얼굴을 감추고 있으나 그 모습과 호리호리한 체격은 분명 어제저녁 자신의 뒤를 따라오던 그 사나이가 분명했다.

"그 사람이다."

이런 생각이 한순간 애라의 머릿속을 전광(電光)처럼 스치고 지나가자 그녀는 거의 무의식적으로 종로 네거리를 향해 탈토(脫兔)[70]와 같이 달아났다. 그녀는 헐떡거리며 사람과 사람 사이를 누비듯 도망쳤다.

70) 달아나는 토끼라는 의미

'그이는 내 뒤를 그림자처럼 따라다닐 모양이야. 아아, 앞으로 이 일을 어쩌면 좋지.'

그녀는 이렇게 생각하며 가슴을 졸였다.

그녀는 사나이가 여전히 자신의 뒤를 쫓고 있는지 아닌지를 살펴볼 경황도 없었다. 아니 그렇게 하기가 무서웠던 것 같았다. 그녀가 종로 네거리까지 갔을 때 마침 떠나려 하는 신용산행 전차가 있는 것을 발견하고 재빠르게 그 속에 몸을 담았다.

전차가 움직이기 시작한 뒤 애라는 비로소 시선을 돌려 전차 안의 사람들을 조사해 보았다. 과연 그 사람은 없었다. 그녀는 나지막이 한숨을 내쉬며 그만 맥이 풀린 듯 차창에 엎드렸다.

하지만 지금 그 남자를 따돌려 봤자 그것이 무슨 소용이 있을까? 그 남자는 이미 자신의 주소와 모든 비밀을 알고 있는 것이다. 그리고 그림자처럼 자신의 뒤를 따라다니면서 자신을 위협하고 있을 것이다. 대체 그 남자는 자신에게 무엇을 요구할 의향인가, 하고 생각하니 잠시 밝아졌던 애라의 마음속은 다시 잔뜩 흐린 하늘처럼 어두워졌다.

석진은 자신에게 비밀을 지켜 줄 테니 죽을 생각을 하지 말라고 만류했다. 그러나 이 남자가 비밀을 알고 있는 이상 그것도 쓸데없는 것이 되고 말 것이다. 그렇게 생각하고 보니 애라는 그만 이대로 어디든 가서 처음 결심했던 대로 목숨을 끊어 버리고 싶은 생각이 불이 일 듯했다.

명암(明暗)

십일월 그믐께 어느 눈 내리는 밤이었다.

그날 밤 석진은 야근을 하게 되어 조간 원고를 마감하고 시계를 쳐다보니 어느 사이엔가 벌써 열 시가 지났다. 그는 아까 낮에 애라와 만나기를 약속한 것을 생각하자 조급해지는 한편 또한 한 걸음 두 걸음 그녀와 가까이한다는 것이 어쩐지 무서운 길을 가고 있는 것 같은 느낌이 들었다. 아직 땅속에 묻혀 있는 숙희의 눈자위가 꺼지지도 않았을 텐데 벌써 딴 여자와, 그것도 다른 사람도 아닌 애라와 자주 만난다는 것이 순박한 석진의 양심을 괴롭게 했다. 하지만 이런 생각을 한 것이 그에게 오늘은 처음이 아니었다. 늘 그러한 생각 때문에 가슴이 저리면서 그는 애라를 만나지 못하면 견딜 수 없을 정도로 서글픈 마음을 억제할 수 없었다. 그는 스스로 '이것은 길이 아니다.

세상에는 얼마든지 여자가 있지 않나?' 하고 현재 자기 자신이 차츰 빠져들어 가고 있는 꼴을 분명히 의식하면서도 그는 무슨 불가항력으로 끌려들어 가는 사람처럼 전신이 흐리멍덩해졌다.

석진은 그만 견딜 수 없는 듯 피워 물고 있던 담배를 재떨이 안에 무슨 화풀이나 하는 사람처럼 비벼 던지고는 자리에서 일어났다. 급사에게 외투와 모자를 받아 편집실을 나오려니 저쪽 난로 앞에 둘러앉아 무엇인지 큰 목소리로 외담(猥談)[71]을 하고 있던 토마토 신 군이 쫓아 나오며 말했다.

"이 군, 나도 나갈 참이니 함께 갑시다."

석진은 이 수다스럽고 누룩으로 빚어 만든 것 같은 모주[72] 동료가 귀찮았지만 그래도 할 수 없이 수부(受付)[73] 앞에서 기다렸다가 함께 신문사를 나섰다.

바깥에는 함박꽃 같은 눈송이가 소리도 없이 내리고 화려한 전등불은 쏟아지는 눈에 흐려져서 은은한 윤곽을 드러내어 더 한층 운치가 있었다. 그들은 고개를 외투 속에 파묻은 채 한참 동안 말없이 걸었다.

그러다 갑자기 신 군이 말했다.

"오늘 눈도 오고 하니 우리 술이나 한잔할까."

71) 일본어로 '음담, 음란한 이야기'라는 뜻
72) 술을 늘 대중없이 많이 마시는 사람을 놀림조로 이르는 말이다.
73) 안내 데스크

이렇게 말하며 석진을 바라보았다. 날이 차가울수록 도리어 핼쑥해 간다는 신 군의 주먹 같은 주부코 끝에는 몹시 술 생각이 간절한 모양인지 콧물이 맺혀 있었다.

"술? 나는 지금 볼일이 좀 있는데……."

"아따, 술값은 내가 낼 테니 걱정 말고 한잔 올려 봅시다 그려."

올려 본다는 말은 그들 사이에 쓰는, 먹을 수 있는 만큼 먹는다는 뜻이었다.

"하지만 오늘은 약속이 있고, 또 너무 늦어서……."

"그러지 말고 모처럼 내가 한턱내는 거니 같이 가 주구려. 내가 이번에 새로 발견한 아주 어여쁜 마담이 있는 술집을 알고 있으니."

허울 좋은 한 울타리 격으로 명색이 마담이라고 하지만 신 군이 가는 곳은 언제든 선술집이었다. 그는 카페니 바니 하는 곳을 가지 않는다기보다는 싫어하는 사람이었다. 그는 선술집 안에 들어서면 우선 막걸리를 연거푸 서너 잔 질러 놓은 후 비로소 약주술을 먹는 성질이었다. 그만큼 그의 선술집에 대한 지식은 대단했다. 서울 안의 선술집치고 자신의 발이 안 간 곳이 없다고 장담을 하는 그였다. 또 어느 술집의 추어탕에는 송이버섯이 들었고 누구의 집 게장에서는 고린내가 난다는 것 같은, 마치 선술집의 백과사전과 같은 인물이었다. 그는 한 끼 밥은 건너뛸지언정 술은 하루라도 안 마시고는 못 배기겠다는 이태백의 손자와 같은 사람인 만큼 술을 즐기지 않는 석진으로서는 그에게 술을 얻어먹을 영광을 갖게 된 것이 다행인지 불행인지 알 수 없는 일이었다. 그래서 석진은 쓰게 웃으며 말했다.

"하지만 오늘 밤에는 먼저 선약이 있으니 그 사람도 기다릴 것이고……. 신 군의 마음만은 감사합니다만 다음 날에 봅시다."

그는 이렇게 거절했다.

약속해 놓은 장소에서 동동걸음을 치며 기다리고 서 있을 애라의 일을 생각하니 신 군을 따라갈 경황도 없거니와 또 한편으로는 그와 함께 추축[74]이져서 술을 먹는다는 것이 마음에 내키지 않았던 것도 한 이유였다. 그래서 보기 좋게 경이원지(敬而遠之)[75]한 것이다.

신 군은 석진이 끝내 거절하는 것을 보더니 조금 시무룩한 듯 그 주부코를 벌렁거리며 말했다.

"정 그렇다면 할 수 없지만 이거 좀 심한 것 같구려. 하여간 그럼 내일 봅시다."

이렇게 말하고는 눈이 퍼붓는 속을 뚫고 방금 내려온 길을 되짚어 올라갔다. 아마 다시 신문사로 들어가서 누구든 짝패를 만들어서 나가려는 것이로구나, 하고 석진은

74) '추축'은 한자 '追逐', 즉 '친구끼리 서로 오가며 사귐'의 의미로 해석된다.
75) 공경하되 가까이하지는 않음. 겉으로는 공경하는 체하면서 실제로는 꺼리어 멀리함.

생각하며 어둠 속에 사라지는 그의 뒷모습을 한참이나 바라보고 섰다. 그러다가 석진은 어쩐지 그의 모습이 단순한 만큼 퍽 사랑스러운 위인으로 보였다. 그는 술을 마시는 것 이외에는 아무런 의의(意義)도 가지려고 하지 않는 인물이다. 그에게 한잔 술 앞에는 인생도, 철학도, 예술도 아무 가치가 없는 걸레 조각에 불과했다.

그는 술을 마시면 유쾌해지고, 술이 깼을 때는 우울해졌다. 마치 술에 취했다가 깼다 하기 위해 사는 융통성 없는 로봇과 같은 인물이었다. 거기에 비교하면 모든 사물에 대해 지나치게 민감하고 날카로운 감수성을 가지고 있는 자신의 성격이 대조되어 보였다. 자신도 차라리 저런 사람처럼 우둔함에 가까운 성격을 가졌더라면 지금 이와 같은 괴로움도 알지 못했으려니, 하고 생각했다.

종로를 지나 YMCA(기독교청년회)를 지나 탑골공원 앞까지 오자 눈은 더욱 퍼붓는 듯했다. 그가 모자챙에 쌓여 가는 눈을 털어 가며 공원 정문 앞에 도착하니 어디 숨어 있다가 튀어나온 것인지 "이 선생!" 하는 애라의 목소리가 들려왔다.

굵은 스카치 외투에 검정 마스크, 밤빛에 보아도 유난히 화장을 한 듯한 애라의 희끄무레한 얼굴이 눈웃음을 치고 있었다.

"벌써 기다리고 계셨어요?"

"한 삼십 분 기다렸지요."

"거참, 미안합니다. 신문사 일이 늦어져서 그만……."

이렇게 말하며 석진은 뒤통수를 쓰다듬었다.

"랑데뷰 시간을 정해 놓고 여자를 기다리게 한다는 것은 신사의 예의가 아닌 거 모르세요?"

애라는 조금 교태를 부리며 석진을 책망하듯 갸웃거리며 들여다보았다. 석진은 애라의 이 당돌한 유혹이 어이없는 듯 혼자 우물거렸다.

"어쨌든 기다리시느라 추우셨겠습니다. 어디 이 근처에서 몸이나 녹일 곳을 찾아볼까요."

"저는 그렇게 추운 줄 모르겠어요."

"하지만……."

"오늘 밤은 눈도 오고 하니 눈을 맞아 가며 걸어 보는 것도 좋지 않을까요."

"그럼 그래 볼까요."

그래서 두 사람은 어깨를 나란히 하고 다시 종로를 향해 올라갔다.

밤이 그리 으슥한 것은 아니었지만 거리에는 사람의 그림자가 드물었다. 가끔 큰길에는 자동차의 헤드라이트가 번쩍거리고 지나갈 뿐 그다음 순간부터는 소리 없는 흰 눈만이 이 세상에 모든 더러운 것을 덮어 주려는 듯 펑펑 쏟아지고 있었다.

그들은 이렇게 눈 오는 깊은 밤에 쓸쓸한 거리를 걸어가고 있다는 것만으로도 가슴이 뿌듯해지는 것 같았다. 더구나 마음속에 말할 수 없는 괴로움을 가지고 있는 그들은 까닭 없이 센티멘털해졌다.

"애라 씨, 애라 씨는 우리들의 이런 행동을 어떻게 생각합니까."

이제까지 발끝만 내려다보며 걸어가고 있던 석진이 문득 입을 열었다. 그 침울한 것 같은 목소리가 무의식적으로 걸어가고 있던 애라의 마음을 섬뜩하게 만들었다.

"……?"

이 사나이는 또 쓸데없는 생각을 하고 있구나, 하고 애라는 달래듯 석진을 쳐다보았다. 어쩐지 그런 이야기를 듣는 것이 묵은 상처를 건드리는 것처럼 쓰렸기 때문이다.

그러나 석진은 애라의 이러한 걱정을 아는지 모르는지 묵묵히 걸음을 걷고 있었다.

"저는 참으로 괴롭습니다. 우리들의 이러한 행동이 만약 세상 사람들의 귀에 들어간다면 얼마나 비난을 받을 것인지, 그것을 상상하면 견딜 수 없습니다. 나는 결코 그것을 천박한 도덕적 견지라든지 체면으로 해서 근심하고 있는 것은 아닙니다. 진정한 양심으로 과연 우리들이 걷고 있는 길이 온당치 못한 길이 아닌가 하는 생각이 듭니다."

석진은 무슨 죄나 뉘우치듯 이렇게 말하고는 고개를 내저었다.

애라 역시 그러한 생각이 없는 것은 아니었다. 아니 도리어 석진보다 천 갑절 만 갑절 더한 편이었다. 책임으로

만 보더라도 애라는 직접적인 당사자요 또 한때는 죽음까지 결심했던 만큼 그녀의 고통이 석진에 비해 결코 적지 않았다. 그러나 무엇이 이렇게도 구차스럽게 그녀를 살아가게 하며 괴롭게 만들어 주었던가? 그것은 살고 싶은 구실 때문이 아니었다. 애라는 그만 눈물이 글썽거렸다.

"석진 씨, 저는 석진 씨에게 그런 이야기를 듣는 것이 뼈를 깎아 내는 것보다 더 아픈 것 같아요. 저의 죄를 생각한다면 천 번 죽어도 싼 몸이건만, 도리어 이러한 길을 가고 있는 것이 죽은 숙희에 대해서나 또는 모든 세상 사람들에 대해 죄 위에 또 죄를 더하는 것 같은 무서운 생각이 나요."

"저는 애라 씨를 비난하려는 의도로 그런 말을 한 건 아닙니다. 단지……."

이렇게 말하며 석진은 무슨 말을 더 계속하려다 그만둔 듯 입을 다물더니 외투 주머니 속에 넣고 있던 두 손으로 얼굴을 가렸다.

"아아, 오늘 밤은 변스럽게도[76] 신경이 옥죄이는 것 같습니다. 이 괴로움과 가책이 언제나 우리들에게서 사라질는지……."

석진은 혼잣말처럼 이렇게 되뇌더니 갑자기 걸음을 딱 멈췄다.

"애라 씨, 저는 오늘 밤 그만 이곳에서 실례하겠습니다. 애라 씨 앞에서 한 시간이라도 더 지체하면 지체할수록

76) 사물이나 상황이 예사롭지 아니하고 이상한 데가 있다.

저의 고통은 더해지는 것 같군요."

이렇게 말하고 모자를 벗어 작별하고는 혼자 휘적휘적 오던 길을 되짚어 내려갔다. 애라는 얼이 빠진 채 눈 오는 속을 아마득하게 비틀거리며 멀리 사라져 가는 석진의 뒷모습을 바라보고 서 있으려니 별안간 소리를 질러 울고 싶은 충동을 느꼈다.

이제는 석진마저 자신에게서 도망을 치는구나, 하는 생각이 견딜 수 없을 만큼 그녀의 마음을 미치게 만들었다. 지금까지 부모보다도 형제보다도 믿고 의지하려던 석진이 도망을 친 뒤 그녀에게 남는 것이란 무엇인가? 그것은 오직 죽음과 공허 그것뿐인 것 같았다.

애라는 눈이 퍼붓는 길거리 위에 우두커니 서서 석진이 간 방향을 정신없이 바라보고 서 있었다.

역시 자신은 처음 마음먹었던 대로 죽는 것이 가장 옳은 길인 걸 그랬구나, 하는 생각이 다시금 새삼스럽게 떠올랐다. 조금도 자신에게는 미련이 없는 몸이라고 번연히 생각하면서도 석진을 만나 본 후부터는 이상하게 무엇에 끌리는 것 같은 감정을 느끼면서 부지중 하루하루 그 이상한 감정의 지배를 받아 왔다. 그것도 일종의 사랑이 변형된 것이라고 볼 수 있을지……. 아직 사랑이라고 보기에는 너무 풋된 것 같고, 그렇다고 단순한 우정이라고 보기에는 지나치게 기괴한 대조가 되는 그 뒤섞인 감정을 애라는 마치 엷은 얼음을 딛고 서 있는 듯한 느낌으로 대해

왔다. 아마 석진 역시 그 점만은 애라와 다름이 없었을 것이다.

과연 그들이 예상하고 의구하는 바와 같이 파란은 순식간에 돌아왔다. 그것은 그들이 밟지 아니하면 안 될 당연한 경로였지만 그들의 괴로움은 컸다. 번연히 그런 일이 생길 줄 알면서도 하는 수 없이 끌려온 그들이지만 막상 일을 당해 놓고 보니 이 일을 어떻게 조치해야 좋을지 갈피를 잡을 수 없었다. 애초에 시작이나 하지 말걸, 하고 후회도 해 보았지만 그것도 누가 일부러 한 일인가, 하고 반문하니 더구나 턱없이 느껴졌다.

애라가 이들의 순서 없는 생각에 잠겨 얼이 빠진 채 서 있으려니 갑자기 등 뒤에서 "숙희 씨!" 하는 남자의 음성이 들려왔다. 숙희! 하는 소리가 마치 강렬한 전류와 같이 애라의 머릿속을 왕 하고 울렸다. 자신을 보고 숙희라고 부르는 그 사나이는 대체 누구인가? 귀신인가, 사람인가. 몸을 홱 돌리며 소리 나는 곳을 응시해 보았으나 너무도 놀라움에 애라는 눈앞이 캄캄해져서 정체를 분간할 수 없었다.

"숙희 씨. 아니 참, 애라 씨. 나를 몰라보시겠습니까?"

검은 그림자는 한 걸음 애라에게 다가서며 모자를 벗었다. 비록 밤이었지만 쏟아지는 눈빛에 비치어 애라의 영막 속에 낙인과 같이 찍혀 들어오는 그 모양은 지난여름 삼방에서 헤어진 뒤 최근 들어 그림자처럼 자신의 뒤를 밟는 그 사람이 분명했다.

"아아, 당신이……."

애라는 그만 한마디를 되뇌고는 비틀비틀 뒤로 두어 걸음 물러섰다. 이것도 우연이라고 하면 얼마나 참혹한 우연인가? 애라는 일시에 모든 세상이 캄캄해지는 것 같은 현기증을 느꼈다.

"네, 최영호입니다. 삼방에서 만난 이후 당신의 주소를 찾아다니는 최영호입니다. 설마 애라 씨도 잊어버리진 않으셨겠지요?"

영호의 목소리는 납덩어리가 가라앉듯 무거웠다.

"애라 씨, 나는 비로소 당신의 정체를 확실히 알았습니다. 당신이 친구의 이름을 팔고 이 어리석은 최영호를 농락한 모든 비밀을……. 그나마 가엾은 죽음을 당한 숙희 씨 말입니다. 그녀의 진단을 한 사람이 누군 줄 아십니까? 바로 이곳에 서 있는 나, 이 최영호의 손으로 숙희 씨의 처녀를 진단했습니다."

애라는 정신없이 서서 영호의 말을 듣고 있자니 어쩐지 자신은 이미 죽어서 혼백만 지옥에 와서 심판을 받고 있는 것이 아닌가 싶은 생각이 들었다.

"나는 결코 애라 씨를 위협하려는 건 아닙니다. 그러나 오늘 밤만은 반드시 애라 씨의 진심을 알지 않고는 놔 드리지 못하겠습니다. 자, 말씀해 주세요. 숨김없는 진심을 말씀해 주십시오. 무슨 까닭에 삼방에서는 그렇게 일을 만들어 놓고 지금 와서 나를 피하려는지, 그것을 분명히 알기 전에는 저는 그대로 돌아설 수 없습니다."

이렇게 말하는 영호의 목소리는 떨리고 있었다.

애라는 묵묵히 서서 그의 말을 듣고 있으려니, '아아, 이제는 피할 수 없는 막다른 길에 다다랐구나' 하는 생각이 끝없는 절망을 느끼게 했다. 이 사나이는 결코 자기를 그대로 돌려보내지는 않을 것이다. 대체 이 사람이 자신에게 바라고 있는 것은 무엇인가? 그렇게 생각하니 애라는 도리어 마음이 평온해지고 대담해지는 것 같았다.

"제 진심을 알고 싶으시다구요? 알아서 뭘 하시게요?"

"하지만 제게는 그것이 절대로 필요합니다. 저는 애라 씨에게 모욕을 받았는지 사랑을 받았는지 알 수 없는 만큼, 웃어야 할지 울어야 할지를 분간할 수 없습니다. 자기 자신의 생활을 스스로 알지 못하고 있다는 것이 얼마나 큰 괴로움이 되는지 애라 씨는 모르십니까?"

"모욕이라고요? 흥."

애라는 냉소하듯 얼굴을 찡그리며 웃었다.

"나는 당신을 모욕한 적이 없어요. 지금 당신은 나를 협박하고 계신 셈이죠. 그러나 나는 조금도 무서울 것이 없는 몸이 됐어요."

영호는 애라의 이 말에 조금 놀란 듯 눈을 커다랗게 뜨고 마주 보았다. 자포자기라고 할지, 타고난 팜푸[77] 기질

77) '팜파틸'을 의미

이라고 할지 이런 말을 서슴지 않고 하는 애라의 행동이 더 한층 가증스럽게 보였다.

"나는 애라 씨를 무슨 협박을 한다든지 이럴 의사는 조금도 없습니다. 내게 관계가 없는 일이면 설사 어떤 일이라도 침묵을 지켜 드리겠습니다. 하지만 그 대신 나와 교섭이 있는 일에는 분명히 그것을 모르고는 견딜 수 없습니다. 자, 말씀해 보세요. 애라 씨는 무슨 생각으로 지난 여름에 삼방에서 나를 농락했습니까?"

한 걸음 여자에게로 다가서며 이렇게 말하는 남자의 말소리는 거칠었다. 그러나 애라는 가슴을 내밀고 앙연히[78] 버틴 채 영호를 마주 보았다.

"농락? 그런데 그걸 누가 당한 것인지는 모르지요."

"지금 와서 애라 씨의 입으로 그런 말이 서슴없이 나옵니까? 나는 그래도 애라 씨의 양심이 이토록 마비된 줄은 몰랐습니다."

"네. 저는 갈 대로 간 몸이니까 양심이고 뭐고 가릴 여지가 없어요. 이전의 애라 같으면 그런 것도 생각해 보았을지는 모르지만 지금은 벌써 옛날이야기 같아졌어요."

"아아, 나는 그래도 애라 씨의 심경이 이토록 변했을 줄은 몰랐습니다."

영호는 기가 막힌 듯 이렇게 웅얼거리고는 두 손으로 머리를 싸며 길바닥에서 비틀거렸다. 그래도 혹시나 하

78) 마음에 차지 아니하거나 야속하게

고 바랐던 미약한 희망이 이제는 완전히 끊어지고 만 것이다. 삼방에서 돌아온 후 그간 몇 달 동안을 두고 한때도 잊지 못하고 생각을 키워 오던 애라의 모습이 이렇게까지 표변했을 줄은 몰랐던 것이다.

영호는 한참 동안 묵묵히 서서 소리 없이 떨어지는 눈발을 바라보고 있더니 갑자기 애라의 손을 덥석 움켜쥐었다.

"애라 씨, 다시 한번 돌이켜 생각해 보세요. 그렇게 자포자기하는 생각만이 반드시 옳은 길은 아닐 것입니다. 나는 애라 씨의 괴로워하는 심중을 잘 알고 있습니다. 그러나 그 괴로움이라는 것도 애라 씨가 냉정하게 바르게 처리하면 훌륭하게 될 수 있는 것이 아닙니까?"

영호의 목소리는 간절한 것 같았다.

그러나 애라는 영호에게서 가만히 손목을 뺐다.

"저도 그것을 모르는 것은 아니에요. 하지만 이제 와서 다시 그런 생각을 먹는다는 것이 어쩐지 자꾸 죄를 더해 가는 것 같아요. 저는 이미 결심해 놓은 일이 있으니까 이제는 그것을 실행하는 것 외에는 별도리가 없을 것 같습니다."

"결심? 결심은 어떤 결심을 하신 거죠?"

"그것까진 아실 필요가 없겠죠."

애라의 목소리는 방심한 듯한 속에서도 일종의 처량한 느낌이 넘쳐흐르고 있었다. 영호는 애라의 뜻밖에도 결곡한 대답에 잠깐 기가 질린 듯 멍하게 서 있다가 말했다.

"나도 애라 씨의 그러한 심중을 이해하지 못하는 건 아닙니다. 그런데 애라 씨의 결심이라는 것이 반드시 최선의 길은 아닐 것입니다. 애라 씨가 만약 최후로 그런 행동을 취하신다면 이 세상에는 또다시 한 사람의 불행한 인간을 만들어 버리는 것이나 다름없는 일이니까요."

영호는 이렇게 말하며 무엇을 살피듯 애라의 얼굴을 들여다보았다. 그러더니 갑자기 한 걸음 앞으로 다가서며 애라의 어깨에 손을 얹었다.

"애라 씨, 나는 애라 씨를 사랑합니다. 설사 애라 씨가 어떤 일을 하셨더라도 내가 애라 씨를 사랑하는 마음만은 변함이 없습니다. 애라 씨, 다시 한번 지난여름 삼방에서 지내던 그때로 돌아갈 수는 없겠습니까?"

그러나 애라는 대답 없이 단지 고개를 좌우로 저었다.

"애라 씨, 다시 한번 생각해 주세요. 나는 애라 씨를 잊고는 살 수 없습니다."

영호의 목소리는 애원하듯 눈물이 어려 있었다.

그러나 역시 애라는 대답이 없었다. 그러다 갑자기 얼굴을 번쩍 들어 영호를 쳐다보는 그녀의 눈에도 눈물이 그렁그렁하게 맺혀 있었다.

"영호 씨의 그런 마음을 저도 모르는 건 아니에요. 하지만 지금 다시 그런 짓을 한다는 것이 아무래도 자꾸 죄를 더하는 것 같은 생각이 들어요. 어차피 저는 죄를 지은 몸이니까 죽는 것이 온당한 일이지만 구차하게 살아서 영호

씨에게까지 괴로움을 끼쳐 드린다는 것은 차마 못 할 노릇 같아요."

"그러나 저는 애라 씨와 떨어져서는 저의 생활의 의미를 찾을 수 없습니다. 애라 씨가 죽는다면 저도 죽을 수밖에 없습니다."

"아니요. 저는 영호 씨에게 그런 사랑을 받을 만한 자격이 못 되는 몸이에요. 저를 단념해 주세요."

애라는 영호에게서 가만히 몸을 빼며 이렇게 말했다.

"영호 씨에게는 얼마든지 이 세상에 훌륭한 애인이 있을 거예요. 아무쪼록 저 같은 것을 단념해 주세요. 저는 그만 집으로 돌아가겠습니다. 안녕히 주무세요."

애라는 몸을 돌려 집으로 향했다.

영호는 애라를 다시 붙잡을 만한 경황도 없었다. 쏟아지는 눈 속에 장승처럼 묵묵히 서서 멀리 어둠 속으로 까마득하게 사라지는 애라의 뒷모습을 바라보고 서 있으려니 갑자기 그의 두 눈에서는 하염없는 눈물이 쏟아졌다.

"애라 씨! 애라 씨!"

영호는 몇 걸음 애라의 간 곳을 따라가며 소리를 질러 보았다. 그러나 애라의 그림자는 이미 어둠 속에 묻혀 버린 뒤의 눈 내리는 쓸쓸한 거리 위에 반향만이 울려 왔다.

그는 그만 기진맥진한 듯 눈 위에 털썩 주저앉았다.

지난여름 삼방에서 애라와 헤어진 뒤 그는 단 하루라도 애라의 생각을 잊어 본 적이 없었다. 그러던 참인데 이제

만나 보니 예상했던 바와는 너무도 모든 것이 틀렸다. 그는 그만 이 세상이 한순간 캄캄해진 것 같은 절망을 느꼈다.

애욕지옥

그런 일이 있고 두어 달 뒤 어느 날 새벽이었다. 애라가 평소와 같이 아침 일찍 일어나 세수를 하려고 마당에 내려서려니 어멈이 한 장의 편지를 들고 들어왔다. 누구에게서 온 편지인가 하고 봉투 뒤를 살펴보자 '최영호'라고 적혀 있었다. 애라는 가슴속에서 무엇이 무너지는 것 같은 덜컥하는 느낌을 받으면서 얼른 편지를 감춰 들고 자신의 방으로 들어갔다.

최영호에게서 편지가 오다니, 이건 또 웬일인가? 얼마 동안 잊어버렸던 두려움이 다시금 그녀의 머릿속을 압박해 들어오는 것 같았다. 그녀는 떨리는 손으로 편지를 뜯어 보았다.

애라 씨.

나는 일전에 애라 씨가 정식으로 이석진 씨와 약혼을 하셨다는 소문을 듣고 놀라는 한편, 퍽 해괴하게 생각했습니다. 애라 씨의 처지에 다른 사람도 아닌 이석진 씨와 약혼을 하게 되었다는 것이 세상 사람들은 아무렇지 않은 일처럼 알겠지만 단지 한 사람, 나만큼은 해괴하게 생각하는 이유를 애라 씨는 짐작하시겠지요.

나는 무슨 애라 씨를 위협하거나 괴롭게 해 드리려고 이런 원치 않은 편지를 드리는 것은 아닙니다. 유린을 당하고 짓밟힘을 당한 한 사람의 사나이로서 그 의기를 보여 드리기 위함입니다. 물론 애라 씨는 이 편지를 무척 불쾌한 의미로 해석하시겠지요. 하지만 나는 애라 씨가 어떤 생각을 하신다고 해도 좋습니다. 그것만은 애라 씨의 자유니까요.

그러나 나는 한 가지 애라 씨에게 명령합니다. 이것은 내가 명령하는 것이 아니라 애라 씨의 체면이 명령을 하는 것이겠지요. 이 명령을 거역하는 날에는 애라 씨에게 어떤 일이 돌아가리라는 것은 나보다는 애라 씨가 더 잘 알고 계실 테니…….

이 편지를 받아 보시는 날 밤 여덟 시에 청량사(淸凉寺)[79]로 나오십시오. 나는 최후로 애라 씨에게 의논할 이야기가 있습니다. 물론 애라 씨는 나오시리라 믿고 있습

79) 서울시 동대문구 청량리동에 있는 사찰

니다. 그러면 자세한 말씀은 그때 드리기로 하고 우선 이만하겠습니다.

일월 십사 일 밤
최영호
애라 씨 전

애라는 편지를 다 읽고 난 뒤에도 한참 동안이나 정신이 나간 사람처럼 멀거니 앉아 있었다.

자기가 이석진과 정식으로 약혼을 정하기까지는 그간 물론 수많은 곡절이 있었다. 양심상 문제도 문제려니와 최영호의 일도 걱정하지 않은 것은 아니었다. 그러나 결국 사랑 앞에는 아무 소용도 없는 것이었다. 더구나 이석진의 관대하고 이해 있는 동정 앞에는 차마 그와 헤어질 용기가 나지 않았다. 그래서 그들은 부모들을 졸라 약혼을 맺게까지 되었다.

그들은 양가의 부모로서는 별반 이의가 없었지만 그래도 그들 사이의 그런 비밀이 있는 줄은 꿈에도 알지 못했다. 만약 그것이 탄로 난다면 그들의 약혼이라는 것은 문제없이 깨질 터이니 그들은 서로 그것을 굳게 비밀을 지키기로 했다. 그러다 이제 뜻밖에도, 사실은 뜻밖도 아니지만 최영호의 편지를 받게 되었다. 이 최영호라는 조건만은 이석진도 모르고 있는 일이었다. 단지 애라가 삼방에서 어떤 남자와 관계를 한 것만은 그도 알고 있지만 그 사나이가 애라의 뒤를 쫓아다니며 이런 편지질을 하고 있는 것까지는 알지 못하고 있었다. 애라는 그것을 생각하니 더욱 무서워졌다. 석진이 만약 이런 일을 알면 어떤 생각을 품을까? 그녀는 물론 최영호라는 남자의 존재를 그에게 감추어 두었던 것을 퍽 불쾌하고 괘씸하게 생각할 것이다. 하지만 그렇다고 이것을 지금에 와서야 석진에게 상의할 것은 못 되는 일이라 어떻게 해야 좋을지 분간을 할 수 없었다.

최영호에게서 이렇게까지 노골적으로 협박이 올 줄은 애라도 예상 밖이었다. 그녀는 이 편지를 보고 그의 명령을 따라야 할지 말아야 할지 알 수 없었다. 영호의 말을 듣자니 석진에게 더욱 죄를 짓는 것 같고, 그렇다고 영호의 명령을 거절하자니 자신의 앞일이 두려웠다.

이날 밤 일곱 시쯤 해서 동대문에서 청량리로 달려가는 전차 속에는 시름없이 앉아 있는 애라가 있었다.

그녀는 하루 종일토록 천 가지 백 가지 생각을 하며 어떻게 하면 이 일을 무사하게 피할 수 있을까 하고 궁리해 보았지만 결국 영호의 명령을 거역할 수 없는 것 같았다. 지금에 와서 다시 석진을 실망시키기도 무서운 일이지만 더욱이 부모라든지 세상 사람들에게 자신의 비밀을 들춰내게 된다는 것이 뼈를 깎아 내는 것처럼 아프게 생각되었다.

애라는 정신없이 차창에 기대앉아 자신의 눈앞을 스치고 지나가는 길가의 겨울 경치를 하릴없이 바라보고 앉아 있으려니 무슨 까닭인지 자기 자신이 참을 수 없을 만큼 비굴해 보였다. 살기 위해 명예를 위해 이토록 비굴하고 더럽게 견뎌야 할 만한 가치가 있는 자신의 몸인가 싶었다. 사는 것이 소중한 것이고 또한 명예가 생명보다 더한 것이라고 하자. 그렇다고 한들 이런 자신의 행동은 너무 구차스러운 것이 아닐까? 이런 것은 도리어 석진에게나 자신에게나 자꾸 죄 위에 죄를 더하여 가는 것일 것이다. 그렇게 생각하다가 애라는 그만 견딜 수 없는 듯이 차창에 엎드려 "아아!" 하고 부르짖었다.

전차가 청량리 종점에 도착했을 때 애라는 사람들과 함께 차에서 내렸다. 그러나 그녀는 청량사로 나가기보다 도로 그 전차를 다시 타고 서울로 들어가고 싶은 충동을 억제할 수 없었다. 그러나 지금쯤 청량사 어귀에서 자신을 기다리고 서 있을 영호의 일을 상상하니 역시 그렇게 하기도 어려운 일이었다. 자신이 만약 그의 명령을 복종해 주지 않는다면 저 사랑에 굶주린 야수와 같은 영호는 장차 어떤 짓을 할지 알 수 없는 것이다. 애라는 진저리를 치며 하는 수 없이 청량사로 통하는 길에 들어섰다.

음력 열나흗날 밤의 영등과 같이 밝은 달은 눈 덮인 세상을 대낮처럼 비춰 주고 있었다. 여름 한철에는 한가한 사람들과 부랑남녀의 유흥장인 이 승방도 눈 쌓인 겨울철만은 속세를 멀리 떠난 선계와 같은 느낌을 주었다. 며칠 전에 내려 쌓인 눈 위에 아직 사람의 발자취가 찍히지 않은 그 위를 애라는 바삭바삭하고 눈을 밟아 가며 작은 고개를 넘어 절 어귀에 다다르려니 소나무 그늘에서 무엇인지 사람의 그림자가 움직이고 있는 것을 발견했다. 애라는 번연히 영호를 만나러 오는 길이면서도 저것이 정말 영호가 아닌가, 하고 가슴이 덜컥했다.

그러더니 저편에서 먼저 안 것처럼 성큼성큼 애라의 앞으로 와서 딱 마주 섰다.

"애라 씨, 이제야 나오십니까? 매우 추우셨죠?"

이렇게 말하는 목소리는 틀림없는 영호의 음성이었다.

애라는 영호의 목소리를 들으니 공연히 가슴이 떨리며 무서운 생각이 들었다. 그녀는 남자를 쳐다볼 용기도 없는 듯 자신의 발등만 내려다보며 어깨로 숨을 쉬었다.

"나는 혹시 애라 씨가 나오지 않을까 걱정을 했는데, 그래도 나오셨습니다그려. 아마 나 같은 사람을 만나고 싶지는 않았겠지만 하는 수 없이 나오신 것이지요. 생각하면 내가 드린 편지도 얕잡아 볼 것은 아니로군요. 하하하."

그는 소리를 내며 웃었다. 그 공허한 웃음소리가 적막한 주위를 반향시켜 더욱더 애라의 머리끝을 쭈뼛하게 했다. 애라는 어쩐지 이 사나이가 악마로 변한 것이 아닌가 하고 한 걸음 뒤로 주춤했다.

"애라 씨, 뭐 그렇게 놀라실 것은 없습니다. 장차 이석진

• 청량사(촬영일: 2022년 10월 4일)

씨의 영부인이 되실 정숙하신 애라 씨로서 저의 편지를 받아 보고 이곳까지 나오실 때에는 물론 생각하신 바가 있을 테니……. 어쨌든 여긴 너무 추우니 절로 들어갑시다. 내가 조용한 방을 치워 놓았습니다."

영호는 으레 애라가 따라오거나 할 것처럼 앞서서 절을 향해 걸어갔다.

애라는 별안간 두 눈에서 눈물이 쏟아질 것처럼 치가 떨리게 분한 생각이 들었다. 이 사나이가 이토록 자신을 모욕할 줄은 몰랐던 것이다. 그녀는 누가 네까짓 것을 따라가겠느냐는 듯 길 위에 버티고 서서 영호를 노려보았다.

"영호 씨, 하실 말씀이 있거든 여기서 해 주세요. 저는 그곳까지 갈 수 없어요."

그녀가 이렇게 말했다.

앞서가던 영호는 애라의 이 말에 걸음을 멈추고 조금 의외라는 듯 돌아보았다. 그러더니 갑자기 입술을 찡그리고 냉소하듯 웃었다.

"오지 않으시겠다면 할 수 없는 노릇이지만."

이렇게 말하며 그는 다시 애라의 앞에 와 서서 물었다.

"그러면 이곳에는 뭐 하러 나오셨나요."

"저는 나오라고 편지를 하셨으니 나왔을 뿐이지 그렇다고 영호 씨에게 모욕을 받으러 나온 건 아니에요."

"모욕이라구요? 하하하하."

영호는 또다시 소리를 내며 공동(空洞)한 웃음을 웃었다.

"애라 씨는 지금 와서 제 말을 거절하실 의향입니까? 영리하신 애라 씨로서 그만한 것은 이해타산을 하셨을 것 같은데……."

"어서 저를 나오라고 말씀하신 이유를 설명해 주세요. 저는 그만 집으로 가야겠어요."

"그건 나보다는 애라 씨가 더 잘 알고 계실 겁니다."

"저는 그런 말씀을 들으러 나온 것은 아니에요. 그럼 이만 실례하겠습니다."

애라는 참다못해 그만 몸을 돌리며 도망을 치듯 그곳을 떠나오려 했다. 그러나 채 두어 걸음도 못 가서 앞질러 길을 막고 서 있는 영호에게 걸음이 막혀 버렸다.

"정말 가실 겁니까?"

"네. 정말이요."

영호는 잠시 말없이 애라의 얼굴을 뚫어질 것처럼 바라보고 있었다. 달빛에 비쳐 드러난 얼굴의 반면은 밤빛에 봐도 핼쑥하게 질린 것 같았다. 그러더니 그는 갑자기 애라에게 달려들어 힘껏 그녀를 끌어안았다.

"오늘 애라 씨를 나오시라 한 이유는 이겁니다. 나는 애라 씨를 사랑합니다."

영호는 미친 것처럼 이렇게 부르짖으며 불이 붙는 것 같은 입술을 애라의 얼굴 위에 더듬었다.

애라는 놀랐다기보다는 거의 본능적으로 반항했다. 그녀는 필사의 힘을 다해 사나이의 두 팔에서 몸을 빼려고 허우적거렸다. 이렇게까지 영호가 야폭(野暴)하게 나올 줄은 몰랐다. 애라는 입술을 깨물고 압박해 들어오는 사나이의 가슴을 떠밀었다.

그 순간 영호의 입에서

"앗!"

하는 날카로운 비명이 흘러나오자 그의 몸은 허공을 끌어안은 채 그들의 발밑에 있는 너덧 길이나 됨직한 절벽 아래로 굴러떨어졌다. 굶주린 맹수와 같이 날뛰고 있던 영호는 모르는 동안 미끄러운 눈 위에서 실족한 모양이었다. 깊이 쌓인 눈 위로 영호의 몸은 마치 고무공처럼 굴러서 떨어지고 만 것이다.

애라는 이 놀라운 광경에 기가 질린 듯 한참 동안 영호가 떨어진 절벽 끝에서 아래를 굽어보았다. 길을 만들기 위해 쌓아 올린 석벽 아래로 다시 두어 길이나 되는 가파른 낭떠러지가 험악한 계곡을 이루고 있었다. 비록 밤일망정 밝은 달빛에 비쳐 멀리 내려다보니 골짜기 밑에 흰 눈 위에는 영호의 검은 몸이 옴짝달싹도 안 한 채 널부러져 있었다.

애라는 그만 정신없이 발길을 돌려 그 자리를 떠났다. 헐떡거리며 뛰어서 아까 넘어오던 고갯마루 턱까지 당도하려니 그녀는 또 문득 걸음을 멈추고 섰다. 과연 영호는 죽었는가? 기절했는가? 조금 전에 그가 했던 소행을 생각하면 밉기 짝이 없는 것이지만 그렇다고 인정상 그를 내버려 두고 도망질을 한다는 것이 어쩐지 양심에 찔렸다. 더구나 자신이 그렇게 필사적으로 반항만 하지 않았던들 그에게 그런 일이 없었을 것이라고 생각하니 자신에게도 책임의 일부가 있는 것처럼 느껴졌다.

애라는 다시 발길을 돌이켜 절벽 끝으로 왔다. 아래를 굽어보니 영호의 몸은 여전히 그 자리에 널부러진 채 움직이는 기색이 없었다.

'정말 죽었을까?'

이렇게 생각하니 가슴이 떨렸다.

그녀는 저편 절벽 아래로 통하는 지름길을 더듬어 천방지축 미끄러지며 골짜기로 내려왔다. 가까이 와서 보자 골짜기 밑은 의외로 무척 험악했다. 위에서 내려다볼 때는 밤빛이고 더구나 눈이 덮여 그런 줄 몰랐는데 내려와 보니 물 마른 냇바닥에는 날카로운 돌부리들이 마치 종유동(鐘乳洞) 같은 광경을 이루고 있었다. 영호는 그 틈바구니에 거꾸로 박힌 채 살았는지 죽었는지 꼼짝도 하지 않고 있었다.

애라는 달려들어 영호의 몸을 일으키려 했다. 그러나 약한 여자의 힘으로 길을 펴고 넘어져 있는 사나이의 몸을 움직이기는 어려웠다. 하다못해 두 손으로 영호의 머리를 들으려니 무엇인지 섬뜩한 촉감이 내밀었던 두 손을 움츠러지게 했다. 그녀는 황급히 자신의 손을 들어 달빛에 비춰 보았는데 그것은 검붉은 피였다.

피다.

이런 생각이 한순간 그녀의 머릿속을 스치고 지나가자 그녀는 정신이 아득해지며 무의식중에 한 걸음 뒤로 물러섰다. 그러나 그다음 순간 그녀는 튕겨진 것처럼 다시 영호에게로 달려들었다.

"영호 씨! 영호 씨!"

연거푸 이름을 부르며 그의 몸을 흔들어 보았다. 그러나 영호는 의식이 있는지 없는지 핼쑥하게 혈색이 거친 얼굴 위에 아무런 표정의 움직임도 보이지 않았다. 아마 절벽에서 떨어질 때 날카로운 돌부리에 머리를 부딪힌 모양인지 그의 머리에서는 아직도 선혈이 흘러내려 근처의 흰 눈을 검붉게 물들이고 있었다.

"영호 씨! 영호 씨!"

애라는 그 참혹한 모양을 보려니 자신도 울음이 터져 나왔다. 밉다든지 싫다든지 하는 작은 감정보다 한 사람의 인과 깊은 최후를 대할 때 그녀의 마음도 서러워지지 않을 수 없는 것이다. 이 사나이야 무슨 죄인가? 죄가 있다면 자신에게 있는 것이다. 그런데도 불구하고 이 사나이는 단지 자신을 사랑했기 때문에 이처럼 참혹한 최후를 맞게 된 것이다. 숙희를 죽이고 이제 또다시 영호까지 죽인 후 과연 자기는 안온하게 이 세상을 살아 나갈 수 있을까?

"아아, 영호 씨!"

애라는 미친 것처럼 영호의 몸을 흔들며 부르짖었다.

그녀는 영호가 살아 있는 동안 조금이라도 의식이 있는 동안 그에게 자신의 잘못을 뉘우치고 싶었다. 그제야 영호는 애라의 부르는 소리에 조금 의식이 소생된 모양인지 혈색이 거친 얼굴을 경련하듯 움직이더니 갑자기 두 눈을 떴다. 그러나 그 눈을 오직 뜨고 있을 뿐 아무것도 바라보고 있지 않은 공허한 눈이었다.

"영호 씨, 정신을 차려 주세요. 애라예요. 애라가 여기 있어요."

애라는 영호의 머리를 자신의 무릎 위에 올려놓고 꺼져가는 등잔불 같은 그의 의식을 불러내려고 소리를 질렀다. 그러나 그는 여전히 공허한 눈빛으로 하늘을 쳐다본 채 의식이 몽롱한 모양이었다.

"영호 씨, 잘못했어요. 저를 용서해 주세요. 저는 진심으로 영호 씨를 이렇게 참혹하게 만들 생각은 없었어요. 용서해 주세요."

애라의 목소리는 울음이 어린 중에도 떨리고 있었다. 사실 애라에게는 그럴 의향이 조금도 없었던 것이다. 그러다가 이제까지 멀거니 눈을 뜨고 있던 영호가 얼굴에 갑자기 홍조를 띠며 애라가 붙잡고 있는 손에 힘을 주었다.

그는 비로소 애라의 존재를 알아본 모양이었다.

"영호 씨, 저를 알아보시겠어요? 영호 씨, 영호 씨, 저는 애라예요."

애라는 붙잡고 있는 손에 마주 힘을 주며 그의 얼굴을

들여다보고 부르짖었다.

영호는 애라의 말을 알아들었는지 입을 벙긋벙긋하며 뭔가 말하고 싶은 모양이었다.

"애……. 애, 애라 씨……."

그것은 단지 한마디의 낮고 갈라진 음성이었다.

"영호 씨, 제발 정신을 차려 주세요. 그리고 저를 용서해 주세요. 이제야 정말로 잘못했다는 것을 깨달았어요."

영호의 입술에는 잠시 쓸쓸한 웃음이 맴돌았다. 그러더니 애라의 손목을 더욱 힘 있게 부둥켜 쥐며 가래가 끓는 목소리로 말했다.

"애, 애라 씨, 나는 애라 씨를 사랑합니다. 애라 씨, 마지막 소원이니 저를 사랑한다고 한마디만 대답해 주세요."

애라는 그만 자신의 얼굴을 그의 가슴에 묻으면서 흐느꼈다.

"네. 저는 진정으로 영호 씨를 사랑합니다. 어서 정신을 차려 주세요."

영호는 그 말을 듣더니 얼굴 위에 만족한 듯 미소를 띠었다. 그러나 그다음 순간 이제까지 기를 쓰던 그의 정신도 그만 맥이 풀려 버린 듯 다시 사지를 늘어트리며 눈을 감았다. 그리하여 그는 애라의 무릎 위에서 숨을 거두고 말았다.

애라는 순간 천지가 캄캄해지는 것 같은 절망을 느꼈다. 그녀는 정신없이 영호의 몸을 흔들어 보기도 하고 주물러 보기도 하며 "영호 씨"를 연호했다. 그러나 이미 호흡이 끊어진 그에게서 무슨 반응이 있을 리는 없었다.

아무리 해도 영호는 다시 회생하지 못하리라는 것을 깨닫자 애라는 잠깐 방심된 사람처럼 멀거니 앉아 있었다. 눈이 쌓인 겨울밤 산골짜기를 스치고 지나가는 매운바람이 칼날과 같이 옷 속으로 스며들어 오건만 그녀는 추운 줄도 모르는 모양인지 눈 위에 털썩 주저앉은 채 움직이려 하지도 않았다.

이제 그녀의 눈앞에는 죽음의 환영이 가득 차 있었다. 아까까지도 명예를 위해, 행복을 위해 살려고 애를 쓰던 그 모든 일이 꿈결같이 생각되었다. 자신이 과연 진정으로 사랑하던 사람은 누구였던가? 석진이었던가? 영호였던가? 사실은 아무도 아니었다. 애라는 비로소 이제까지 자기도 모르고 있던 자신의 참마음을 깨달은 것 같은 생각이 들었다. 자신은 단지 살기 위해 작은 자존심을 지키기 위해 이제까지 모든 죄를 감행했다. 그러나 이제는 오직 죽음으로 그 죄를 갚을 때가 온 것을 깨달은 것이다.

그 이튿날 새로 한 시쯤 되어서 ○○신문사 편집국은 마감 시간을 앞두고 한창 북적거리고 있었다. 외근을 나갔던 기자들은 제각기 얻어 가지고 온 뉴스를 써내기에 정신이 없었다.

"또 살인 사건입니까? 거, 무슨 자살이 그렇게 유행합니까? 그럼 이번에도 전과 같이 '고해(苦海)를 등지고'란 제목 속에 오늘 있던 자살 사건을 휘몰아서 넣어 볼까?"

신 군에게서 원고를 받아 읽어 보던 사회부장은 잠깐 눈살을 찌푸리고 신 군을 바라보았다.

"글쎄요. 그런데 지금 그것만은 조금 색다른 자살 사건 같으니 크게 취급해 보는 게 좋지 않을까요. 아직 경찰서에서는 두 사람의 신원을 모르기 때문에 자세한 내용을 발표하지 않았습니다만, 아무리 우연이라고 해도 그렇게 하룻밤 동안 불과 십여 간 이내에서 두 자살 사건이 그냥 생겼다고 하기에는 어려울 것 같아요. 그렇다면 그 두 가지 사건 속에는 무슨 연락이 있을 듯도 한데. 그렇기만 하면 의외의 재미있는 다찌끼리[80]감이 될지도 알 수 없는 것이니까."

"그럼 한 삼단으로 큼직하게 뽑아 볼까요."

"'설상(雪上)의 참극(慘劇)' 제목을 붙이고 부로는 '과연 치정 관계인가? 우연인가?'라고. 하하하."

사회부장은 연필 끝으로 대머리진 앞이마를 긁으며 고소(苦笑)했다.

"신 군, 뭔가? 에로 사건인가? 여자는 몇 살인데?"

옆에 앉아 원고를 쓰고 있던 운동부 홍 군이 그 뚱뚱한 얼굴을 들고 참견을 했다. 여자의 이야기가 나왔는데 자기가 빠진다는 것은 불합리한 일로 해석하고 있는 그였다.

80) 다찌끼리(立切): 일본어로 신문 조판에서 일정한 단수를 정해 한곳에 갈라붙이는 것을 가리킨다.

"뭐 아직은 자세한 것을 모르겠지만, 여자는 이십 세 전후의 미인인데 상당한 가정의 영양[81] 같다고 하는군. 외투 안에는 '장애라'라는 이름이 박혀 있더라는데 자네 혹 모르겠나?"

이렇게 말하며 신 군은 놀리듯 홍 군을 건너다보았다.

그러나 이 '장애라'라는 한마디 소리에 놀란 사람은 옆에 앉아 있던 이석진이었다. 그는 쓰고 있던 원고를 밀어 치워 놓고 사회부장 앞에 놓여 있는 지금 그 원고를 읽어 보았다.

그것은 아직 죽은 사람의 신원도 알 수 없는 막연한 기사였다. 어제저녁 시외 청량사 부근 눈 위에서 원인 모를 죽음을 한 젊은 남녀의 시체가 발견되었는데 치정 관계의 자살인지 혹은 별개의 각각 다른 자살 사건의 우연한 일치인지 알 수 없다는 것을 가장 센세이셔널한 문구로 적어 놓았다. 그리고 끝으로 여자의 외투 안에는 '장애라'라는 이름이 적혀 있더라는 것과 경찰서에서는 방금 신원을 조사 중이라는 말이 부기되어 있었다.

석진은 그 원고를 읽어 내려가고 있으려니 갑자기 정신이 아득해지며 눈앞이 캄캄해지는 것 같았다. 장애라라고 하면 자신이 약혼한 그 장애라가 분명한데 이제 또 알지 못하는 다른 남자와 자살을 했다니 이것이 웬일인가? 과연 우연한 장소와 시일의 일치인가?

81) 윗사람의 딸을 높여 이르는 말

그렇게 생각할 수밖에 알 수 없는 일이었다. 석진은 묵묵히 모자를 집어 쓰고 신문사 밖으로 뛰어나왔다. 그 말썽스러운 친구들 앞에서 자신의 내색을 보여 주기 싫었던 까닭이다.

거리에는 오후의 태양이 눈 위에 반사되어 눈이 부실 만큼 화창한 겨울날이었다.

'애라는 결국 죽고 말았는가?'

이렇게 생각하니 가슴이 뭉클해지며 걷잡을 수 없는 눈물이 뺨 위로 흘러내렸다.

"그러나 역시 그 여자는 그 여자의 갈 길을 가고야 만 것이다. 나는 이제부터 숙희가 죽었을 때와 같이 고독하고 쉽게 일생을 보내야겠구나."

그는 목적도 없는 발길을 거리 위에 옮기면서 혼자 탄식했다.

-끝

이종명과
장편 연재 소설 『애욕지옥』

김정화

1. 이종명

1933년 8월 31일자 〈조선중앙일보〉에는 8월 26일 문인 아홉 명이 오후 8시 시내 황금정(黃金町) 아서원에서 순문학 연구단체 구인회(九人會)를 조직했다는 기사[1)]가 게재되었다. "순연(純然)한 연구적 입장에서 상호의 작품을 비판하며 다독 다작을 목적"[2)]으로 창립된 문학 단체를 표방한 구인회의 등장이다.

구인회는 문학사적으로 중요한 자리에 위치하고 있으며, 이태준과 이상, 박태원, 정지용 등의 작가들이 함께 호명된다. 하지만 아이러니하게도 이 단체를 창립한 9인 중 한 명이며 주도적인 역할을 한 것으로 알려진 이종명은 한국 문학사에서 잊힌 작가에 머물러 있다. 실제로 이종명의 이름은 구인회를 창립한 인물로 사적인 맥락 속에서나 소환될 따름이다. 25편 이상의 소설과 한 권의 소설집을 발표했지만 단 한 편의 학술지 논문만이 그의 작품을 기억할 뿐이다.

무엇보다 이상한 점은 1936년 이후 이종명에 대한 언급은 아예 사라지다시피 했다는 것이다. 그 이전까지는 각종 일간지나 잡지 등에 지속적으로 이종명이 글을 투고하거나, 혹은

1) 「문단인 소식」, 〈조선중앙일보〉, 1933.8.31., 5면.
2) 「소식-구인회 창립」, 〈조선일보〉, 1933.8.30., 5면.

그의 이름이 언급되었다. 그러나 어느 특정 시점부터 이종명은 최소한 조선의 문단에서 사라지고 만다.

생몰년 미상의 소설가 이종명. 그가 언제 태어났고, 언제 죽었으며, 고향이 어느 곳인지에 대한 정보들은 충분하지 않거나 거의 존재하지 않는다. 이종명이라는 작가 자체가 소설가로서의 입지가 좁았다는 점은 부인할 수 없겠으나, 그렇다고 해서 작가에 대한 기본적인 정보가 부족하다는 점은 의아하지 않을 수 없다. 전술했다시피 한국 문학사에서 이종명은 구인회 창립 자체만으로도 적지 않은 역할을 수행했음이 분명한 인물이며, 다수의 소설을 발표했고, 영화로 제작된 작품도 있는 바, 그에 대한 부족한 정보가 오히려 이상하게 여겨질 정도다.

따라서 이 장(章)에서는 본래 소설가 이종명을 소개하는 것에 지면을 할애하려 했으나, 해설을 작성하는 시점까지 발견한 이종명에 대한 얼마 안 되는 파편들을 긁어모으는 것으로 대신할 수밖에 없을 것 같다.

이종명은 1930년대 초반 다양한 비판을 마주하게 된다. 그런데 작품에 대한 비판보다는 작가 자신에 대한 비판이 더 심각했던 것 같다. 가장 대표적인 사례가 1933년 이무영이 〈조선일보〉에 쓴 「작가가 본 작가(4)」, 「작가가 본 작가(5)」일 것이다.

그럼에도 불구하고 작가 이종명 씨는 문단에 관심을 갖는 사람에게까지 그 존재가 많이 알려지지 않았을 만큼 그는 태만하였다. 노력이 없었다. 한 말로 하려면 그는 예술을 낳기 위해 소설을 쓴 작가가 아니라 심심소일로 집필한 작가가 애연가가 아닌 사람이 담배를 피우듯 창작을 한 사람이다. 소풍 겸 산보하다가 일시적 기분으로 창작한 사람이다.
(중략)
그러나 이 씨에게는 경의도, 동정도 표할 수 없다. 도리어 환멸을 주고 심하면 증오까지 느끼게 한다. 이런 때 성의 없는 창작을 왜 단념치 않는가? 그렇지 않으면 왜 좀 더 노력치 않는가? 나는 그 작가적 태도에 있어서 이씨에게 다시 한번 문책하고 싶다.[3]

그러면 기교로 보아 이만큼이나 높은 수준에 놓여 있는 작가로서 문단의 천대만을 받아 온 것은 무슨 까닭일까? 나는 먼저 말한 바와 같이 그 첫째 조건으로 노력 부족을 든다. 노력이 부족된 작자에게서 심각한 작품이 나올 수 없는 것이다. 심각미가 없는 작품이 또한 걸작이 될 수도 없는 것이다. 둘째 말하면 통속적으로 흐르기 쉽다는 말도 될 것이다. 이것은 나의 억측일지 모르나 이 씨의 작품은 그 어느 것을 물론하고 탈고

3) 이무영, 「작가가 본 작가(4)」, 〈조선일보〉, 1933. 6. 20., 3면.

한 뒤에 다시 손을 대어 본 작품이 드물 것이다. 그의 상은 어느게나 순간에 얻어서 그 순간에 완전한 작품으로 구상되었고 순간에 탈고되어 탈고된 그대로 발표된 것 같다는 말이다.

(중략)

둘째로는 이 씨의 고립이다. 이것은 그다지 큰 문제 될 성질의 것이 아니면서도 조선에서는 이 씨로 하여금 불리케 하였다. 추측컨대 그의 극작적 태도가 소위 'キマグレ(키마구레, 변덕쟁이)[4]'인 이상 과거 십 년간 그의 사생활에 있어서 문단급 문단인과 격리되어 있지 않았든가 한다. 그리하야 기회 있으면 발표하고, 없으면 그만둔다는 너무도 소극적 태도로 과도한 것이 아닐까 한다. 화폐가 있을지 모르나 진실한 태도로 창작을 하려면 창작을 자기의 진로로 목표 삼고 굴욕을 받아 가면서라도 매진하지 않으면 안 될 것이다.

(중략)

셋째로는 이 씨의 생활 태도다. 일전 〈조선일보〉「문단풍문」에 이종명 씨가 마작구락부를 개업한다는 소식이 들렸다. 사실의 진가는 고사하고 이러한 소문이 날 만큼 그가 마작구락부에 출입한 것만 사실일 것이다. 이 사실은 그의 생활이 얼마나 무자각한가를 표징한다. 작자의 생활 내지 인격은 작품에 반영한다. 이러한 작가에게서 걸작을 기대함은 큰 모순일 것

4) 글쓴이 이무영이 작성한 주석이다.

이다. 술을 사랑하고 계집에 여리고 마작에 취한 작자라고 모두 걸작을 기대치 못한다 함은 아니다. 그러나 이 씨와 같은 작가적 태도, 생활 태도로는 도저히 그만한 정열을 배양할 소질이 없는 것이다.[5]

이 인용문을 정리하자면 다음과 같다. 첫째, 이종명은 노력이 부족한 작가다. 그냥 쉬엄쉬엄 취미 삼아 글을 쓰는 그런 작가인 것이다. 이무영은 이종명이 자신의 작품을 탈고하고 다시 '손을 대는 일'이 없을 것이라고 추측한다. 이종명의 창작 방법은 순간에 의존하고 있기 때문이다. 이종명은 '순간에 완전한 작품으로 구상'하고, '순간에 탈고'하며, 그것을 그대로 발표한다는 것이다. 이무영은 이종명이 '노력이 부족하여' '심각한 작품'을 쓸 수 없고, 작품이 심각하지 않으니 '걸작'도 될 수 없다고 말한다. 따라서 이무영의 눈에는 이종명의 작품에 '심각미', '침통미'가 없다.

둘째는 '고립'이다. 이종명은 작품을 대하는 태도에 '변덕'이 있으며, 어쨌든 십여 년간 문인들과의 교류가 없었음을 이무영의 글에서 예측할 수 있다.

마지막으로 이종명의 생활 태도다. 〈조선일보〉 1933년 6월 1일자 「문단여문, 문사 업유행」이라는 글에서 "이종명 씨

5) 이무영, 「작가가 본 작가(5)」, 〈조선일보〉, 1933. 6. 21., 3면.

는 오랫동안 침묵으로 지내나시피 하더니 요사이 '마작구락부'를 하나 내인다고 자금 융통에 동분서주"[6]라는 짧은 기사가 실려 있는데, 이무영이 말한 마작구락부 이야기는 바로 이 글을 인용한 것이다.

그러니까 1930년대 초반 이종명은 다수의 작품들을 선보인 바 있으나 그 작품의 내용에 대해서는 대체로 부정적인 평가를 받았던 것이다. 이종명 자신도 글쓰기에 대한 고민을 간접적으로 나타내곤 했는데, 『삼천리』 제5권 제4호의 「작가일기」에서 그의 아내가 "대체 밤낮 원고료도 안 생기는 글만 쓰고 있으면 무엇 한다는 거요?"[7]라고 구박을 하거나, "잘 쓰든 못 쓰든 또는 그것이 큰일이든 적은 일이든 간에 제깐은 열심히 하고 있는 일을 그렇게 경멸한다면 누구든지 좋은 마음을 가질 수 없는 것이다"[8]라고 자조 섞인 생각을 하는 대목에서 작가로서의 자신에 대한 위치를 고민하고 있음을 알 수 있다.

글쓰기에 대한 이종명과 아내와의 갈등은 조선중앙일보사에서 1934년 9월에 발간한 『중앙』의 「小說家의 안해」라는 콩트에서도 찾아볼 수 있다.

6) 「문단여문, 문사 업유행」, 〈조선일보〉, 1933. 6. 1., 3면.
7) 이무영, 「작가일기」, 『삼천리』 제5권 제4호, 1933, 112면.
8) 이무영, 위의 글, 같은 면.

이종명의 콩트 「小說家의 안해」 전문

小說家의안해

李鍾鳴

이 글에서 그는 소설가(이종명 자신)의 아내에 대한 이야기를 두 개의 에피소드로 간략하게 서술한다. 아내는 이종명이 소설가로 활동하는 것에 대해 불만을 품고 있는데, 첫째는 돈이 되지 않는 글을 쓰고, 둘째는 재미없는 소설만 쓰며, 마지막으로는 작품 속에 가끔 아내를 모델로 등장시키기 때문이다. 이종명은 이 글에서 아내의 표현을 빌려 자신의 일부를 보여 주고 있다. 그러니까 이종명은 이 무렵에 돈이 되지 않는 글을 썼는데 심지어 재미조차도 없다는 것이다. 콩트 형식의 단순한 유머 글이지만 한편으로는 이종명이 이 무렵 작품 활동을 하는 데 일종의 애환이 있었음을 알 수 있다.

한편으로 그가 『삼천리』 제5권 제9호에서 "나는 소설을 쓰기 전에 먼저 구상이 완성된 후에야—가령 말하면 어느 부분에 세세한 대화라든지 자연 묘사 같은 것을 몇 번이나 머릿속에서 반복하여 완전한 자신이 생기기 전에는 도저히 붓을 들지 못한다. 이것은 나뿐 아니라 누구든지 조금 치밀한 경향을 가진 작가로서는 의당한 일이라고 믿는다"[9]라고 서술한 부분은 어쩌면 이무영의 자신에 대한 평의 소극적인 대답일 수도 있다.

이종명은 또한 영화에도 관심이 많았는데, 조선영화예술협회(朝鮮映畵藝術協會) 활동을 했으며, 그의 소설 『유랑』이 조선영화예술협회를 통해 제작된 바 있다. 그러나 이종명은 『유랑』이 영화화된 결과물에 대해서 상당한 불만을 표출했다.

> 애초부터 나는 예정된 영화의 '스토리'를 한 장면 한 장면 충실하게 축자역식(逐子譯式)으로 원작한 터이니까 원작자로서 별 이의는 없었지만 그래도 그 장면의 촬영상 기교라든지 배우들의 분장 동작이 너무도 부자연스러웠습니다. 이 촬영에는 나도 직접 관여하였음으로 무엇이 이 영화를 불성공(不成功)시켰는지 그 원인을 잘 알고 있습니다. 우선 기술자의 결핍, 기구의 불완전, 경비 부족 등등—한 가지도 완전한 것이

9) 이종명, 「소실표제」, 『삼천리』 제5권 제9호, 1933, 21면.

> 없는 우리 조선의 일이니까 영화다운 영화가 나온다면 도리어 그것이 의외일 것입니다.
> (중략)
> 창피한 줄도 모르고 돈만 아는 흥행 업자들은 아직도 이 불쌍한 『유랑』을 전 조선 각지로 끌고 다니면서 부려먹는 모양입니다. 판권이 그들의 손에 있으니까 할 수 없는 노릇이라 하지만 지금도 도처 '스크린' 위에 '원작 이종명'이라는 자막이 나타날 것을 생각하니 얼굴이 뜨거워지는 것 같습니다. 돈이 있으면 판권을 도로 사 가지고 불질러 버리고 싶습니다.[10)]

이종명의 『유랑』은 애초부터 영화를 염두에 두고 만든 작품이라는 특이점이 있다. 그러나 이러한 형태로 만들어진 것치고는 그 만듦새라든지 흥행이라든지 하는 측면에서 성공하지 못한 작품이며, 이는 이종명으로 하여금 불쾌감을 안겨주는 경험이었던 것이 분명하다.

이종명은 전체적으로 당시 조선 문단에 어느 정도 불만을 품고 있었던 것 같다. 그는 1933년 〈조선일보〉에 기고한 「새 감각과 개념」이라는 글에서 "최근 우리 문단의 일부에서는 일본 문단에서 이미 그 존재 의의를 잃어버린 신감각파나 신흥예술파의 이론을 수입해 들여오려는 경향이 보이고

10) 이종명, 「내 작품의 연극영화화 소감」, 『삼천리』 제5권 제10호, 1933, 75면.

있다. 그러나 이런 말초신경적 유행 문학을 그대로 받아들이기에는 조선은 지나치게 심각하다. 조선의 현실을 떠나 덮어 놓고 남의 것을 모방하려는 그런 현상을 볼 때 일소에 부치기로는 너무도 큰 문제가 아닌가 한다"[11]라고 직접적으로 조선의 문단에 불만을 표현했다. 그는 또한 같은 해 10월 〈조선일보〉에 기고한 「작가의 입장을 이해하는 엄정하고 순수한 비평가의 출현」이라는 글에서 "순수하고 엄정하게 제삼자의 입장에서 비평을 내리는 사람이 없는 것은 우리 문단의 최대 결점이다. 그럼으로 나는 현재 우리 문단의 평론이란 것을 신용하지 않는다. 창작계에 비교하면 평론계는 도리어 수단의 저조와 왜곡이 숨어 있다"[12]라며 평론가들에 대한 불만을 거침없이 표현하고 있다.

이러한 이종명의 당시 조선 문단, 그리고 평론가들에 대한 비판은 한편으로는 이무영의 평에 대한 반발심이라고 볼 수 있을 것이다. 그는 "문학이란 우선 쓰는 사람이, 스스로 즐겨서 그것에 도취할 필요가 있다. 반드시 걸작이란 여상한 곳에서 나오는 것이다. 설사 그것이 걸작이 못 되었다 할지라도 그곳에는 작자의 숨길 수 없는 '진정성'이 남아 있을 것이

11) 이종명, 「새 감각과 개념」, 〈조선일보〉, 1933. 8. 9., 3면.
12) 이종명, 「작가의 입장을 이해하는 엄정하고 순수한 비평가의 출현」, 〈조선일보〉, 1933. 10. 3., 7면.

다. 나는 이 '진정'을 사랑한다"[13]고 했다. 그는 걸작을 원하지 않는다. 스스로 즐기며 쓰는, 진정성 있는 문학이야말로 이종명이 추구했던 문학의 본질이라 할 수 있다.

이종명은 구인회를 창립한 당사자였지만 조용만이 "그해 가을에 위선 주동자인 종명과 유영이 탈퇴하고"[14]라고 회고한 것을 볼 때 구인회가 본격적으로 활동하기 이전에 탈퇴를 한 것으로 보인다. 그리고 이후에도 다수의 작품을 발표하며 문학 활동을 지속했으나 1936년 이후에는 문단에서 사라지고 만다.

2. 애욕지옥

이종명이 1933년 11월 29일부터 1934년 1월 30일까지 〈매일신보〉에 연재한 『애욕지옥』은 이무영이 언급했던 '통속성'의 전형을 보여 준다. 그런데 이 작품은 이무영이 평가했던 이종명의 몇 가지 단점이 어느 정도 보완된, 그리고 사실상 당시의 대중 문학적 특징을 가장 잘 드러낸 작품이라

13) 이종명, 「1934년 문학건설 창작의 태도와 실제(8) 문학본래의 전통」, 〈조선일보〉, 1934. 1. 12., 7면.
14) 조용만, 「측면으로 본 신문학 60년(19) 구인회」, 〈동아일보〉, 1968. 7. 20., 5면.

할 수 있다. 무엇보다 『애욕지옥』에 등장하는 배경, 인물, 공간 등의 묘사가 상당히 세밀하여 마치 영화의 장면을 보는 것 같은 느낌을 준다.

소설의 대략적인 줄거리는 다음과 같다.

부잣집 딸 '애라'는 삼방으로 가서 휴가를 즐기기로 한다. 그곳에서 자신의 고등학교 시절 친구인 '숙희'를 마주치는데, 숙희는 폐병으로 삼방에서 요양하고 있었다. 애라는 또한 삼방에서 갓 의대를 졸업한 의사 '최영호'를 만나서, 그와 며칠 동안 약수터를 함께 다니면서 친해진다. 그러던 어느 날 서로 이름을 모른 채 만나던 그들은 각자 자신의 소개를 하게 되고, 애라는 영호에게 자신을 숙희라고 거짓으로 소개한 뒤 그와 하룻밤 동침을 한다.

숙희는 신문 기자인 '석진'과 약혼을 한 사이였는데 삼방에서 어느 남자와 관계를 가졌다는 소문이 퍼져 파혼에 이른다. 영문을 모른 채 누명을 쓰고 상심한 숙희는 석진을 찾아가 자초지종을 이야기해 보려 하지만 석진은 숙희의 말을 믿지 않고, 숙희는 자살을 하게 된다. 숙희의 아버지는 숙희의 유언에 따라 병원을 찾아 딸이 처녀라는 사실을 증명해 달라고 부탁한다. 그런데 병원에는 삼방에서 애라와 관계를 맺은 영호가 의사로 근무하고 있었다. 영호는 숙희 아버지로부터 숙희라는 이름과 삼방이라는 지역명을 듣고 죽은 여성이 자신과 관계를 가진 그 숙희라고 생각했으나 얼굴을 보고선 숙희의 친구라는 사실을 알고 의아해한다.

애라는 자신의 거짓말 때문에 숙희가 죽은 것을 알고 숙희의 약혼자였던 석진에게 사실대로 이야기한 뒤 자신도 자살을 하려 하지만, 모든 것을 용서하겠다는 석진의 말에 마음을 고쳐먹는다. 이후 애라와 석진은 가까워지고, 아예 약혼까지 한 사이로 발전한다.

한편 영호는 그간의 사정을 모두 알게 된다. 자신과 삼방에서 관계를 맺었던 여인이 숙희가 아닌 애라임을 말이다. 영호는 애라가 숙희의 약혼자였던 석진과 약혼하기로 했다는 사실을 알고 애라를 청량사로 불러 협박과 회유를 한다. 하지만 애라는 넘어가지 않고 둘이 몸싸움을 하다가 영호가 절벽에서 떨어져 죽고, 이에 애라도 자살을 한다.

소설의 줄거리만 보자면 전형적인 통속 소설의 공식에 머물러 있다. 게다가 너무 잦은 우연의 남발로 인해 서사의 개연성도 다소 떨어진다. 그럼에도 불구하고 이 작품은 두 가지 측면에서 주목할 만하다.

첫 번째는 『애욕지옥』이 갖는 대중 문학적 속성이다. 이 작품은 우리가 흔히 이야기하는 대중 문학의 흥미로운 요소를 모두 갖추고 있다. 소설 초반부에 숙희로 가장한 애라와 영호의 에로틱한 장면부터 중반부에 죽은 숙희가 처녀라는 사실을 밝히기 위해 병원에서 벌어지는 일들의 기괴함, 처음에는 순진한 청년이었던 영호가 악인으로 변해 애라를 스토킹하는 과정에서 보이는 미스터리와 스릴러적 요소까지 말이다.

그러나 여전히 애라의 가슴은 두근거리고 정신이 허공에 떠 있는 것처럼 갈피를 잡을 수 없는 불안이 그녀의 전신을 휩싸고 있었다. 뭐라고 형용하면 좋을지……. 한순간 머릿속이 텅 빈 것 같은 공허한 느낌……. 아끼고 자랑하고 소중하게 여기던 무엇을 단번에 잃어버린 것 같은 분함과 부끄러움과 기개가 없어진 것이 견딜 수 없을 정도로 그녀의 마음을 흥분시키고 초라하게 만들었다.

자신이 그렇게도 자랑스럽게 알던 그 지조가 그 사나이의 앞에서 하룻저녁 동안에 문제도 없이 간단하게 파괴된 생각을 하면 어쩐지 그것이 꿈속의 일 같았다. 이제부터 자신에게는 아무런 자긍도 없는 몸이 되었구나, 하니 금방 회한의 눈물이 쏟아질 듯했다.

애라는 그만 견딜 수 없는 듯 베개를 돋우고 두 눈을 감았다. 생각지 않으리라! 생각지 않으리라! 하면서도 그녀의 감고 있는 두 눈의 영막(映幕) 속에는 여전히 조금 전에 영호의 방에서 지낸 그 무서운 순간이 또렷하게 드러났다. 무슨 점착력이 있는 동물처럼 유난스럽게 자신의 몸에 감기어 떨어지지 않던 사나이의 그 체온! 불같은 호흡을 토하면서 자신의 얼굴 위를 더듬던 그의 뜨거운 입술……. 그리고 이래서는 안 되겠다, 이래서는 안 되겠다, 하면서도 무슨 커다란 힘에 끌려들어 가는 것처럼 변변히 반항도 못 하고 몸을 내맡긴 자신……. 이런 것들이 번갈아 가며 파노라마같이 떠올랐다.

사실상 영호의 유혹에 넘어간 애라는 영호가 머물고 있는 여관에서 육체관계를 맺게 된다. 그러나 애라는 영호에게 자신을 소개할 때 본명 대신에 친구 숙희의 이름을 말한다. 이러한 인과 관계, 그러니까 친한 친구의 이름을 대신 말하고, 그 이름으로 남자와 육체관계를 맺었으며, 이로 인해 비극이 시작된다. 애라는 "이래서는 안 되겠다, 이래서는 안 되겠다, 하면서도 무슨 커다란 힘에 끌려들어 가는 것처럼 변변히 반항도 못 하고 몸을 내맡긴 자신"의 행동을 후회한다. 그리고 친구 숙희에게 죄책감을 갖게 되며, 이렇게 자신의 행동으로 인해 복잡하게 꼬인 상황을 벗어나려 서울로 돌아간다.

작중에 에로틱한 장면은 묘사되지 않으나 상황 설정은 충분히 대중의 관심을 불러일으키기에 충분하다. 애라의 행동이 앞으로 진행될 서사에서 중요하게 작용할 것은 대충 알 수 있지만, '앞으로 어떻게 될 것인가' 하고 대중으로부터 호가심을 일으킨다. 낯선 남녀의 만남, 거짓말, 에로와 같은 선정적인 요소들이 극 초반에 삽입됨으로써 향후 전개될 서사의 궁금증을 유발시키는 효과를 준다.

> 그러나 막상 병원에 당도하여 의사를 대하고 보니 말이 꽉 막혀 버린 것 같았다. 지나치게 흥분하여 정신이 전도된 것도 한 가지 원인이려니와 그보다는 대체 죽은 시체를 가지고 와서 처녀를 증명하겠다는 그러한 일이 이 세상 어떠한 곳에 또 있었던 일이란 말인가? 전무후무한 이 기괴한 진찰을 어떻게 청해야 할지 알 수 없었다. 지금 의사는 당연히 환자를 데리고 온 줄 알 것이지 설마 몇 시간 전에 죽어 빼드러진 송장을 오밤중에 끌고 와서 처녀를 증명해 달라고 그럴 줄은 예상도 못 하고 있을 것이다. 그것을 생각하면 더욱더 주저하게 되었다. 그러나 선생은 결국 마음을 추스르고 처음부터 숙희가 자살하게 된 경위를 최 의사에게 설명해 주었다.

숙희는 자신을 사칭한 애라로 인해 혼인길이 막혀 버린다. 그녀는 남편이 될 석진을 찾아가 결백을 주장하지만 석진은 숙희의 말을 믿지 않는다. 결국 약혼자에게조차 버림받은 숙희는 그길로 집에 가서 자살한다. 그러나 비극은 여기서 끝나지 않는다. 숙희는 유서에 아버지 백은 선생에게 부검을 통해 자신이 처녀임을 증명해 달라고 유언을 남긴다. 앞의 인용문은 백은 선생이 숙희의 시체를 끌고 병원을 찾아가는 장면이다. 백은 선생 스스로도 이 상황을 기괴하다고 여기고 있다.

이 장면은 분명 당대 독자를 놀라게 했을 것이다. 자신의 결백함을 증명하기 위해 자살하고, 부검을 통해 처녀임을 증명하는 행위 자체가 일반적인 행동이라고 보기 어렵기 때문이다. 무엇보다 이 숙희를 부검해야 하는 의사는 숙희의 죽음에 원인이 된 애라와 관계를 맺은 남자, 영호다. 그러니까 이렇게 복잡하게 얽혀 있는 인과 관계를 통해 독자는 분노와 안타까움, 그리고 향후 진행될 이야기 전개에 대한 호기심을 갖는다.

무엇보다 이 소설의 가장 백미는 결말 부분이다. 자신으로 인해 숙희가 자살한 것을 알게 된 애라는 숙희의 약혼자인 석진을 찾아가 죄를 고백하고 자신도 죽으려 한다. 그러나 자신을 비난할 줄 알았던 석진은 오히려 애라를 위로하고, 심지어는 둘이 약혼까지 하게 된다. 그리고 이 상황을 지켜보던 영호는 애라에 대한 집착을 포기하지 않고 그녀를 협박한다. 소설의 마지막 장면에서 영호는 청량리에 위치한 청량사로 애라를 불러낸다.

"애라 씨, 뭐 그렇게 놀라실 것은 없습니다. 장차 이석진 씨의 영부인이 되실 정숙하신 애라 씨로서 저의 편지를 받아 보고 이곳까지 나오실 때에는 물론 생각하신 바가 있을 테니……. 어쨌든 여긴 너무 추우니 절로 들어갑시다. 내가 조용한 방을 치워 놓았습니다."

영호는 으레 애라가 따라오거나 할 것처럼 앞서서 절을 향해 걸어갔다.

애라는 별안간 두 눈에서 눈물이 쏟아질 것처럼 치가 떨리게 분한 생각이 들었다. 이 사나이가 이토록 자신을 모욕할 줄은 몰랐던 것이다. 그녀는 누가 네까짓 것을 따라가겠느냐는 듯 길 위에 버티고 서서 영호를 노려보았다.

"영호 씨, 하실 말씀이 있거든 여기서 해 주세요. 저는 그곳까지 갈 수 없어요."

그녀가 이렇게 말했다.

앞서가던 영호는 애라의 이 말에 걸음을 멈추고 조금 의외라는 듯 돌아보았다. 그러더니 갑자기 입술을 찡그리고 냉소하듯 웃었다.

"오지 않으시겠다면 할 수 없는 노릇이지만."

이렇게 말하며 그는 다시 애라의 앞에 와 서서 물었다.

"그러면 이곳에는 뭐 하러 나오셨나요."

"저는 나오라고 편지를 하셨으니 나왔을 뿐이지 그렇다고 영호 씨에게 모욕을 받으러 나온 건 아니에요."

"모욕이라구요? 하하하하."

영호는 또다시 소리를 내며 공동(空洞)한 웃음을 웃었다.

"애라 씨는 지금 와서 제 말을 거절하실 의향입니까? 영리하신 애라 씨로서 그만한 것은 이해타산을 하셨을 것 같은데……."

"어서 저를 나오라고 말씀하신 이유를 설명해 주세요. 저는 그만 집으로 가야겠어요."

"그건 나보다는 애라 씨가 더 잘 알고 계실 겁니다."

"저는 그런 말씀을 들으러 나온 것은 아니에요. 그럼 이만 실례하겠습니다."

애라는 참다못해 그만 몸을 돌리며 도망을 치듯 그곳을 떠나오려 했다. 그러나 채 두어 걸음도 못 가서 앞질러 길을 막고 서 있는 영호에게 걸음이 막혀 버렸다.

"정말 가실 겁니까?"

"네. 정말이요."

영호는 잠시 말없이 애라의 얼굴을 뚫어질 것처럼 바라보고 있었다. 달빛에 비쳐 드러난 얼굴의 반면은 밤빛에 봐도 핼쑥하게 질린 것 같았다. 그러더니 그는 갑자기 애라에게 달려들어 힘껏 그녀를 끌어안았다.

"오늘 애라 씨를 나오시라 한 이유는 이겁니다. 나는 애라 씨를 사랑합니다."

영호는 미친 것처럼 이렇게 부르짖으며 불이 붙는 것 같은 입술을 애라의 얼굴 위에 더듬었다.

애라는 놀랐다기보다는 거의 본능적으로 반항했다. 그녀는 필사의 힘을 다해 사나이의 두 팔에서 몸을 빼려고 허우적거렸다. 이렇게까지 영호가 야폭(野暴)하게 나올 줄은 몰랐다. 애라는 입술을 깨물고 압박해 들어오는 사나이의 가슴을 떠밀었다.

(중략)

"영호 씨, 정신을 차려 주세요. 애라예요. 애라가 여기 있어요."

애라는 영호의 머리를 자신의 무릎 위에 올려놓고 꺼져 가는 등잔불 같은 그의 의식을 불러내려고 소리를 질렀다. 그러나 그는 여전히 공허한 눈빛으로 하늘을 쳐다본 채 의식이 몽롱한 모양이었다.

"영호 씨, 잘못했어요. 저를 용서해 주세요. 저는 진심으로 영호 씨를 이렇게 참혹하게 만들 생각은 없었어요. 용서해 주세요."

애라의 목소리는 울음이 어린 중에도 떨리고 있었다. 사실 애라에게는 그럴 의향이 조금도 없었던 것이다. 그러나가 이제까지 멀거니 눈을 뜨고 있던 영호가 얼굴에 갑자기 홍조를 띠며 애라가 붙잡고 있는 손에 힘을 주었다.

그는 비로소 애라의 존재를 알아본 모양이었다.

"영호 씨, 저를 알아보시겠어요? 영호 씨, 영호 씨, 저는 애라예요."

애라는 붙잡고 있는 손에 마주 힘을 주며 그의 얼굴을 들여다보고 부르짖었다.

영호는 애라의 말을 알아들었는지 입을 벙긋벙긋하며 뭔가 말하고 싶은 모양이었다.

"애……. 애, 애라 씨……."

그것은 단지 한마디의 낮고 갈라진 음성이었다.

"영호 씨, 제발 정신을 차려 주세요. 그리고 저를 용서해 주세요. 이제야 정말로 잘못했다는 것을 깨달았어요."

영호의 입술에는 잠시 쓸쓸한 웃음이 맴돌았다. 그러더니 애라의 손목을 더욱 힘 있게 부둥켜 쥐며 가래가 끓는 목소리로 말했다.

"애, 애라 씨, 나는 애라 씨를 사랑합니다. 애라 씨, 마지막 소원이니 저를 사랑한다고 한마디만 대답해 주세요."

애라는 그만 자신의 얼굴을 그의 가슴에 묻으면서 흐느꼈다.

"네. 저는 진정으로 영호 씨를 사랑합니다. 어서 정신을 차려 주세요."

영호는 그 말을 듣더니 얼굴 위에 만족한 듯 미소를 띠었다. 그러나 그다음 순간 이제까지 기를 쓰던 그의 정신도 그만 맥이 풀려 버린 듯 다시 사지를 늘어트리며 눈을 감았다. 그리하여 그는 애라의 무릎 위에서 숨을 거두고 말았다.

애라는 순간 천지가 캄캄해지는 것 같은 절망을 느꼈다. 그녀는 정신없이 영호의 몸을 흔들어 보기도 하고 주물러 보기도 하며 "영호 씨"를 연호했다. 그러나 이미 호흡이 끊어진 그에게서 무슨 반응이 있을 리는 없었다.

아무리 해도 영호는 다시 회생하지 못하리라는 것을 깨닫자 애라는 잠깐 방심된 사람처럼 멀거니 앉아 있었다. 눈이 쌓인 겨울밤 산골짜기를 스치고 지나가는 매운바람이 칼날과 같이 옷 속으로 스며들어 오건만 그녀는 추운 줄도 모르는 모양인지 눈 위에 털썩 주저앉은 채 움직이려 하지도 않았다.

이제 그녀의 눈앞에는 죽음의 환영이 가득 차 있었다. 아까까지도 명예를 위해, 행복을 위해 살려고 애를 쓰던 그 모든 일이 꿈결같이 생각되었다. 자신이 과연 진정으로 사랑하던 사람은 누구였던가? 석진이었던가? 영호였던가? 사실은 아무도 아니었다. 애라는 비로소 이제까지 자기도 모르고 있던 자신의 참마음을 깨달은 것 같은 생각이 들었다. 자신은 단지 살기 위해 작은 자존심을 지키기 위해 이제까지 모든 죄를 감행했다. 그러나 이제는 오직 죽음으로 그 죄를 갚을 때가 온 것을 깨달은 것이다.

인용문에서 영호는 애라를 강제로 겁탈하려 하지만 애라의 저항으로 영호는 절벽 아래로 떨어지며, 죽는 순간까지 애라를 사랑한다고 말한다. 애라 또한 영호의 죽음으로 인해 비로소 자신의 죄를 속죄하며 자살한다. 이 마지막 장면은 독자에게 '죄를 지은 자는 행복할 수 없다'는 일종의 계몽적 메시지를 전달하는 역할을 하며, 그와 동시에 애라에 대한 영호의 변하지 않는 사랑을 통해 영호의 행동이 악인의 그것과는 결이 다르다는 점을 상기시켜 준다. 그러니까 이 작품에서 순수한 악은 존재하지 않으며, 다만 등장인물 모두가 비극적인 상황에 처해진 상태로 마무리된다는 점에서 희망이 없는 파격적인 결말이라 할 수 있다.

사실 이 작품은 이무영이 앞서 평한 것처럼 명작이 보여 주는 심각하거나 진지한 깊이와 같은 요소들은 보이지 않는다. 대신 당대 대중이 흥미를 가질 법한 요소들을 모두 포함시켰다. 특히 영호가 애라를 미행하는 장면은 긴장감을 고조시키는 역할을 한다. 그리고 소설의 세밀한 장면 묘사를 통해 독자가 흡사 영화를 보는 것처럼 느끼게 한다. 이종명은 이 작품에서 배경, 그리고 등장인물들의 행동들을 세심하게 묘사하여, 마치 독자가 그 자리에서 모든 상황을 경험하고 있는 듯한 효과를 만들어 낸다.

> 검은 소프트 모자를 깊숙이 눌러쓰고 사무직다운 커다란 손가방을 옆에 낀 그 사나이의 훤칠한 키가 거대한 괴물처럼 애

라의 눈앞을 압박했다. 그녀는 그만 급작스럽게 그대로 머리를 숙인 채 도망을 치듯 그 사나이의 옆을 지나쳤다. 그러고는 미친 듯 뛰어갔다.

그러나 대여섯 간쯤 가다가 애라는 걸음을 멈추고 혹시나 하는 생각에 뒤를 돌아보았다. 그랬더니 아니나 다를까, 그 사나이도 걸음을 멈추고 서서 역시 이쪽을 바라보고 서 있는 것이 아닌가.

애라는 그만 무슨 진저리칠 만한 것을 바라본 것처럼 몸을 돌려 걸음을 빨리했다. 그녀는 헐떡거리며 걸어가면서 속으로 '그 사나이도 분명 나를 알아본 것이다. 아아……' 하고 부르짖었다.

그녀는 그만 가슴이 떨리고 겁이 나 눈물이 나올 것 같았다. 이 무슨 기막힌 우연인가? 숙희의 무덤을 찾아갔다 오는 이 길에서 하필 그 사나이를 만나게 되다니.

다옥정 집으로 돌아가는 골목쟁이를 들어섰을 때 애라는 자신의 등 뒤에서 뚜벅뚜벅 간격을 맞춰 따라오는 남자의 발걸음 소리를 들었다. 그 소리를 듣자니 그녀는 그만 모든 것이 끝이로구나 하는 생각이 들었다. 자신의 죄악이 이제야 탄로될 뿐 아니라 저 사나이가 장차 어떤 행동을 취할지 그것이 견딜 수 없을 만큼 무서웠다.

그녀는 모든 사물을 판단할 경황도 없이 헐떡거리며 뛰어갔다.

애라가 자신의 집 앞에 도착해서 다시 한번 뒤를 돌아보니 여전히 그 사나이는 십여 간쯤 떨어져 있는 저편 전신주 밑에 서서 우두커니 이쪽을 바라보고 서 있었다. 그녀는 정신없이 대문을 닫아걸고 빗장을 지른 후에 두근거리는 가슴을 진정하려는 듯 한참 동안이나 대문 안에 서 있었다. 그렇게 있으려니 아까, 아마 그 사나이의 발걸음 소리인 듯한 뚜벅뚜벅하는 남자의 발걸음 소리가 바로 대문 밖까지 와서는 뚝 멈춘 채 무엇을 살피는 듯 잠시 동안 움직임이 없었다.

인용문에서 볼 수 있듯, 이종명은 자신을 미행하는 남자에 대한 애라의 공포를 정밀하게 묘사하여 공포심마저 불러일으킨다. 애라가 사나이를 피해 단순히 달아나는 것이 아닌, 그녀가 그 상황에서 경험할 수 있는 심리적 불안감과 소리를 통한 청각적 공포를 전달하는 문체는 소설이 발표된 시기를 감안하더라도 세련된 표현 기법이다.

또한 석진이 근무하고 있는 신문사에 대한 묘사도 탁월하다.

오후 한 시라고 할 것 같으면 신문사의 하루 중 제일 바쁜 시간이다.

○○신문사의 편집국은 지금 한창 북적거리고 있었다. 외근 나갔던 기자들도 대개는 돌아와서 마감 시간 안에 원고를 써

내느라고 여념이 없다. 교정부(校正部)에서 고성대독하는 대장 읽는 소리, 헌화, 잡담, 담배 연기, 그런 중에도 간간이 들려오는 히스테리한 여성의 비명 같은 전화 소리, 이런 것들이 한데 어울려서 그리 넓지도 않은 이 편집국 안을 수라장과 같이 만들었다.

그러나 나이가 아직 삼십여 세밖에 안 됐지만 벌써 대머리가 된, 무서울 정도로 사무적인 이 사회부장은 석진의 그런 태도에는 무관심한 듯 원고를 추려서 제목을 붙인 뒤 급사에게 보냈다. 그리고 양복 조끼 주머니에서 시계를 꺼내 보았다.
"마감!"
그는 이렇게 소리를 지르고 자리에서 일어났다. 그 소리를 받아서 저쪽 책상 끝에 앉아 있던 급사 아이가 공장 쪽을 향해 외쳤다.
"사회면 마감!"
이 소리가 들리면 사회부에서는 갑자기 해방된 것 같은 환성이 일어난다. 점심을 시켜 먹는 사람, 담배를 피우는 사람, 노래를 부르는 사람, 혹은 염치 좋게 책상 위에 두 발을 올려 놓는 사람……. 이런 와중에 그들은 제각기 뽐내며 잡담을 내놓기 시작한다. 그들의 이야기는 대개 먹는 이야기로 시작하여 다음에는 여자의 이야기로, 그리고 나중에는 돈 이야기로 들어가는 것이 순서였다. 매일같이 이런 순서는 변함이 없었다.

인용문에서 볼 수 있다시피 이종명은 당대의 신문사 풍경을 실감 나게 묘사했으며, 각각의 기자들이 어떤 역할을 맡고 있는지에 대한 설명, 그리고 기자들의 다소 과장스러운 대사와 행동을 흡사 연극을 보는 것처럼 묘사하여 독자에게 장면의 이미지를 효과적으로 전달해 준다. 또한 자살과 같은, 그 시대의 사회 문제가 될 수 있는 요소를 첨가함으로써 자칫 가볍게 흘러갈 수 있는 작품을 비교적 진지하게 이끌어 나가기도 했다.

이종명은 앞서 자신이 밝힌 바와 같이 '작가로서의 진심'을 이 작품 안에 그대로 투영했다고 볼 수 있다. 그는 소설 속에서 당시 유행하던 문학 기법들이나 이론, 그리고 소위 말하는 명작의 진지함 등을 대부분 배제시켜 버리고, 대신에 수려한 문장을 통한 세밀한 배경 묘사, 탁월한 인물의 심리적 갈등을 표현했다.

그러나 지나친 우연의 연속, 통속성, 그리고 개연성이 떨어지는 서사의 구조 등이 너무 명확해서 이 작품의 장점과 극명한 대비를 보인다. 특히 지나친 우연의 연속성이 다소 거슬리는데, 이를테면 삼방에 있던 영호가 하필이면 숙희의 집 근처 병원에 근무한 점, 그리고 그 영호에게 숙희 아버지가 딸의 시체를 가지고 찾아가는 장면, 복잡한 경성의 거리에서 애라가 영호를 만나는 장면 등은 우연적인 상황이 지나쳐 개연성을 망쳐 버리는 부작용을 보여 주며, 별다른 인과관계 없이 애라가 숙희의 이름을 사칭한 것, 숙희가 죽게 만든 원인을 제공한 애라가 숙희의 약혼자와 다시 약혼하는 내용들은 독자로서는 이해하기 어려운 다소 억지스러운 설정이 아닌가 싶다.

『애욕지옥』은 이와 같이 장점과 단점이 명확한 소설이다. 이 작품이 가지는 가치는 소설가로서 이종명이 스스로에게 부여한 가치를 당대 평론가들에게 증명하고자 노력한 작품이라는 점에 있다.

3. 마치며

이종명은 1925년 방인근의 추천으로 등단한 이래 대략 십여 년 동안 작품 활동을 한 중견 작가였으나, 한편으로 평론가에게, 또는 대중적으로 좋은 평을 받은 작가는 아니었다. 그는 기존의 문단 체제, 평론가, 유행하던 문학 이론 등에 반감을 가진 인물이었다. 영화에 관심이 많았고, 구인회라는 걸출한 문학 동인을 출범시킨 인물이었지만, 등장했을 때와 마찬가지로 어느 순간 조선의 문단에서 소리 소문 없이 사라져 버린 인물이기도 하다.

그래서 이종명은 더 매력적이라 할 수 있다. 당시 구인회의 구성원들은 현대에 이르러서도 거장의 반열에 올라 있는 반면 이종명을 기억하는 이는 거의 찾아볼 수 없다. 그러나 안미영의 연구[15]에서도 말했듯 이종명은 인간과 인간 사이를 탐구한 '인간중심주의' 문학을 시도한 작가라 할 수 있다. 그리고 그는 더할 나위 없이 훌륭한 대중문학 작가였다.

이종명은 당시 문학적 제도권 안에 머물러 있지 않고, 자신의 '진심'이 드러나는, 그리고 스스로 '즐길 수 있는' 문학을 했다. 그런 면에서 한편으로는 이상(李箱)과 같이 자신만의 확고한 문학관을 가지고 작품 활동을 했다고 할 수 있다.

그리고 『애욕지옥』은 이러한 이종명의 문학관을 깊게 반영한 작품이다. 지나친 우연의 남발, 통속성, 개연성이 결여된 서사는 한편으로 이종명을 끝까지 따라다닌 단점이며, 이러한 단점은 『애욕지옥』에서도 고스란히 드러나지만, 대신에 당시의 소설로는 드물게 세밀한 현장 묘사를 통해 독자에게 마치 그 자리에 있는 듯한 생생함을 보여 주었으며, 대중 문학의 기본적이면서도 필수적인 소양을 적절하게 배치

15) 안미영, 「이종명의 인간중심주의 문학연구」, 『어문론총』 32호, 경북어문학회, 1998, 106면.

하여 다소 평범하게 진행될 수 있는 이야기 구조를 흥미롭게 만들었다는 점에서 수준 높은 대중 소설의 면모도 갖추었다.

이종명의 단편들을 한데 모아 살펴본 바, 그는 이무영의 말처럼 '쉬엄쉬엄 취미처럼' 글을 쓰는 작가가 아닌, 소설을 더 '잘 써 보고' 싶어 하는 작가였다. 그가 일간지나 잡지에 기고한 글들에는 문학에 대한 그의 고뇌, 생각, 당시의 유행에서 벗어나고자 하는 몸부림들이 담겨 있다. 그래서 이종명은 구인회를 창립한 인물만이 아닌, 근대 대중 문학을 논함에 있어 빠질 수 없는 작가로 기억되어야 하며, 논의되어야 할 인물이라 할 수 있다.

한국근대대중문학총서 기획편집위원

김동식(인하대 교수)
문한별(선문대 교수)
박진영(성균관대 교수)
함태영(한국근대문학관 운영팀장)

책임편집 및 해설

김정화(선문대 인문미래연구소 전임연구원)

한국근대대중문학총서 틈 08

애욕지옥

제1판 1쇄 2022년 11월 30일

지은이 이종명
발행인 홍성택
기획 인천문화재단 한국근대문학관
편집 눈씨
디자인 박선주
마케팅 김영란
인쇄제작 새한문화사

㈜홍시커뮤니케이션
서울시 강남구 선릉로103길 14
T. 82-2-6916-4403 F. 82-2-6916-4478
editor@hongdesign.com hongc.kr

ISBN 979-11-86198-79-7 03810

* 책 가격은 뒤표지에 있습니다.
* 파본은 구입하신 서점에서 교환해 드립니다.